E-Z DICKENS SUPERHEROO LIBRO LA TRIA

Ruĝa Ĉambro

Cathy McGough

Stratford Living Publishing

Aŭtorrajto Copyright © 2020 Cathy McGough

Ĉi tiu versio publikigita en marto 2026.

Ĉiuj rajtoj rezervitaj. Neniu parto de ĉi tiu libro rajtas esti reproduktita en iu ajn formo sen skriba permeso de la eldonisto aŭ la aŭtoro, krom kiel permesite de la usona kopirajta leĝo sen antaŭa skriba permeso de la Eldonisto ĉe Stratford Living Publishing.

ISBN: 978-1-997879-36-7

Cathy McGough asertis sian rajton laŭ la Leĝo pri Kopirajto, Dezajnoj kaj Patentoj de 1988 esti identigita kiel la aŭtoro de ĉi tiu verko.

Art Powered by Canva Pro.

Ĉi tio estas fikcia verko. La roluloj kaj situacioj estas tute fikciaj. Simileco al iuj ajn personoj, vivantaj aŭ mortintaj, estas tute hazarda. Nomoj, roluloj, lokoj kaj okazaĵoj estas aŭ produktoj de la aŭtora imagino aŭ estas uzataj fikcie.

Kion diras legantoj

KINKO STELOJ - AMAZONA RECENZISTO
"Tio estis tiel amuza rakonto kun tiom da okazaĵoj. Mi amis la naturon de la roluloj, precipe EZ. Estis vere mojose, kiu lia familio estis, kaj mi simple adoris la blankan ĉambron. Fakte, mi pensas, ke mi bezonas mian propran blankan ĉambron kaj la novan povon, kiun EZ ricevis ĉe la fino de la libro - mi ne volas malkaŝi ion ajn, sed, mi celas, kiel mojose. Kiel ludanto, mi tre aprezis la intrigon. Krom la ludo, mi ankaŭ pensis, ke la animo-kaptantoj estis tre originala kaj mojosa koncepto. Tiu fino!! Ho. Mia. Dio. Mi devas legi la sekvan parton por vidi, kiel aferoj elturniĝos."

Enhavtabelo

Dediĉo	IX
Epigrafio	XI
PROLOGO	XIII
ĈAPITRO 1	1
ĈAPITRO 2	8
ĈAPITRO 3	10
ĈAPITRO 4	13
CAPITRO 5	17
ĈAPITRO 6	28
ĈAPITRO 7	45
ĈAPITRO 8	47
ĈAPITRO 9	50
ĈAPITRO 10	54
ĈAPITRO 11	57
ĈAPITRO 12	59

ĈAPITRO 13	65
ĈAPITRO 14	71
ĈAPITRO 15	75
ĈAPITRO 16	80
ĈAPITRO 17	82
ĈAPITRO 18	90
ĈAPITRO 19	103
ĈAPITRO 20	108
ĈAPITRO 21	114
ĈAPITRO 22	123
ĈAPITRO 23	143
ĈAPITRO 24	152
ĈAPITRO 25	158
ĈAPITRO 26	165
ĈAPITRO 27	168
ĈAPITRO 28	174
ĈAPITRO 29	185
ĈAPITRO 30	192
Epiloĝo	197
Dankon!	209
Pri la aŭtoro	211

Baldaŭ!

Por tiuj, kiuj kredas...

"Heroo estas ordinara individuo, kiu trovas forton por persisti kaj elteni malgraŭ superfortaj obstakloj."

Christopher Reeve

PROLOGO

DU JAROJ PASIS, KAJ estis la unua de decembro, la dek-kvina naskiĝtago de E-Z. Kvankam ekstere estis glacie malvarme, kaj neĝeroj blovis ĉirkaŭ ili, li kaj lia familio kaj amikoj insistis okazigi lian feston ekstere, kie ili havis bonfajron por varmigi sin kaj barbekuon.

Nun, kiam Samantha kaj Sam geedziĝis, la domanaro de Dickens estis eĉ pli okupata. Neniam estis enua momento, kiam amikoj vizitis.

La geedziĝo de Sam kaj Samantha estis malgranda ceremonio, okazinta ĉe la Registraro. Lia estis honor-atestantino, E-Z estis ĉefa atestanto, kaj Alfred la Trompetanta Cigno estis la ringoportanto.

Lia mokis Alfredon, ĉar li estis vestita per marblua papionkolo kaj nenio alia. Alfredo ne estis konfuzita de tiu atento, ĉar li sciis, ke li estas en bona kompanio kun aliaj, kiel eksaj britaj ĉefministroj.

"Se la granda Winston Churchill opiniis, ke kravato-nodeto sufiĉas por li, do ĝi sufiĉas ankaŭ por mi!" diris Alfredo.

"Li ankaŭ fumis grandan dikan cigaron!" diris E-Z. "Mi ja esperas, ke vi ne komencos fumi unu el tiuj ankaŭ."

Lia subridegis.

"La bifstekoj estas pretaj!" Sam vokis. "Se vi ŝatas ilin malbone kuiritaj, venu kaj prenu ilin nun."

Nur Samantha antaŭenvenis kun sia telero preta. "Via filo avidas malbone kuiritajn hodiaŭ," ŝi diris, frapetante sian ventron.

"Kion mia filo volas, tiun li ricevas," diris Sam, levante bifstekon sur la teleron de sia edzino. Ŝi pikis la mezon dum ŝia edzo aldonis bakitan terpomon kaj kelkajn asparagajn fadenojn apud ĝi.

Samantha maĉis asparagojn dum ŝi iris al la piknika tablo. Ŝi perfekte planis la naskiĝtagon de E-Z, kaj pasigis multan tempon ornamante la tablon mem per aĵoj kun la temo "Feliĉan Naskiĝtagon". Ŝi sidiĝis kaj duonigis sian bakitan terpomon, poste aldonis acidan kremon, cepaĵon, buteron, kaj kelkajn ŝutrojn da salo.

E-Z, Lia, Alfred, PJ kaj Arden restis surloke, ĉefe ĉar estis pli varme apud la fajrejo. Onklo Sam ne ŝatis, ke homoj ĉirkaŭflirtu kiam li prizorgis la kradrostilon, do ili restis for de lia vojo. Krome, ili ĉiuj ŝatis siajn bifstekojn bone kradrostitaj, kaj tio ankaŭ donis al ili okazon babili inter si kaj interŝanĝi novaĵojn.

"Kion vi pensas pri nia superhero-retejo?" demandis E-Z.

PJ kaj Arden rigardis unu la alian, poste levis la ŝultrojn.

"Nu," diris E-Z. "Kion vi du vere pensas pri ĝi? Mi scias, ke vi rigardis la retejon, ĉar Onklo Sam helpis min analizi la datumojn. Mi tute ne sciis, ke ni povas ekscii tiom da informoj, kiel ekzemple kiu vizitas nian retejon, kiom longe ili restas, kion ili rigardas. Kaj mi rekonis viajn IP-adresojn. Do, diru al mi, kion vi pensas pri ĝi?"

"La tuta vero? Sen retenoj?" demandis PJ.

"La brutala vero?" aldonis Arden.

"Jes," instigis E-Z. Li malaltigis sian voĉon al flustrado. "Onklo Sam faris bonegan laboron. Tamen, ni ne celas la ĝustan publikon, ĉar ni apenaŭ ricevas trafikon. Krom vi du, kaj IP-adreso el Francio, ni apenaŭ havis vizitojn. Kelkaj homoj, kiel vi, revenis kaj vizitis la retejon kelkfoje, sed ili ne restas longe. Onklo Sam sugestis, ke ni eble komencu novaĵleteron, por ke homoj aliĝu kaj ni sendu al ili ĝisdatigojn, sed mi ne scias. Nuntempe ĉiuj eldonas novaĵleterojn kaj tio ŝajnas multe da laboro. Onklo Sam montris al mi, ke li aliĝis al ĉirkaŭ kvindek el ili! Koncerne petojn pri helpo – kio estas la tuta kialo, pro kiu ni komencis retejon – ĝis nun ĉio, kion oni petis de ni, estis aferoj pritraktataj de lokaj oficistoj kiel la polico kaj la fajrobrigado. Mi ne ŝatas la ideon, ke ni rapidu savi katon sur arbo, kaj ke la fajrobrigado alvenu plene ekipita por fari la saman laboron. Estas neefike por ili kaj por ni. Kaj estas embarase, kiam ili alvenas ĝuste kiam ni finas. Ilia tempo estas valora – ili savas vivojn ĉiutage. Estas malrespekteme, se vi komprenas, ĉu ne? Ili savas vivojn kaj estas deĵoraj dudek kvar horojn tage, sep tagojn semajne. Mi pensas, ke ni bezonas petojn, kiuj estu ekster iliaj kompetentaj kampoj, por ke ni ne malŝparu ilian tempon aŭ plimalfaciligu ilian laboron pli ol ĝi jam estas. Pardonu pro tia longa parolado, sed, kiam mi pensas pri ĉio, kion ili faris, post la akcidento kun miaj gepatroj..."

PJ kaj Arden kliniĝis proksimen kaj flustris. Ili ne volis vundi la sentojn de Sam – finfine ili ne estis spertuloj – aŭ riski, ke li eble ilin subaŭskultos kaj tute krispigos iliajn bifstekojn.

"Nu, ni tute komprenas vian punkton," diris PJ. "Cetere, la polico kaj la fajrobrigado estas esencaj servoj, kaj oni pagas ilin por savi homojn. Dum vi, aliflanke, estas volontuloj."

"Do, ilia retejo, kaj ilia reta ĉeesto en sociaj retoj estas malsamaj ol devus esti la via," diris Arden. "Kaj ili havas multajn dungitojn, je multaj niveloj, por prizorgi kaj ĝisdatigi ĉion."

"Dum via retejo bezonas ion pli superheroecan – se tio eĉ estas vorto – kaj malpli korporacian. Kiel la legendoj, tiuj, kies paŝojn vi sekvas. Rigardu kelkajn el la retejoj kreitaj por ili – kaj ili estas fikciaj roluloj. Imagu, kion ni povus fari, se ni sekvus ilian ekzemplon," diris Arden.

"Kiel ekzemple? Mi scias, ke vi havas kelkajn ideojn, do dividu ilin," diris E-Z.

"Nu, kiel vi eble jam divenis, ni cerbumis inter ni du. Kaj ni kunmetis provan retejon – ĝi ne estas publika kaj ne estos ĝis vi aprobos ĝin – pri tio, kia povus esti via retejo. Ĝi estas en mia poŝtelefono. Rigardu kaj vidu, kion ni celas, kaj pripensu la eblecojn, ĉar ni faris tion sufiĉe rapide." PJ premis starton. La Tri kliniĝis antaŭen.

Unue sur la ekrano aperis la vortoj, "Bonvenon al la Superheroo retejo de La Tri." Poste ĝi zume proksimiĝis al E-Z en animacia formo. Li sidis en sia rulseĝo, kiel oni atendus, surhavante nigran T-ĉemizon, bluajn ĝinzojn kaj paron da kurŝuoj.

E-Z glatigis siajn harojn, kiam li vidis, kiel botelpurileca la nigra strio laŭ la mezo de liaj blondaj haroj aspektis. Li neniam povis alkutimiĝi al tio.

"Kio estas tio, sur mia ĉemizo, ĝinzo kaj ŝuoj? Ĉu tio estas, emblemo? Kaj kiel vi karikaturigis min?"

"Jes, ĝi estas emblemo. Ni pensis, ke la anĝela flugilo estas mojosa kaj taŭga," diris Arden.

"Ni uzis aplikaĵon. por karikaturigi vin," diris PJ. "Ni iom redaktis, viajn brakojn. Mi esperas, ke ni ne troigis."

E-Z pli atente rigardis, dum la animacia versio de si mem krucis la brakojn. Nun liaj sufiĉe pli dikaj antaŭbrakoj kaptis lian atenton kaj liaj vangoj ruĝiĝis. Li aspektis kiel fripono, pozanto. Ĉu liaj amikoj vere pensis, ke li aspektas pli bone tiel? Li ektimis, kiam la flugiloj de E-Z sur la ekrano aperis. Li flosis en la aero, kaj montris.

Tio estis la unua prezento de Lia. Ŝi ankaŭ aperis en animacia formo. Lia estis vestita de kapo ĝis piedo en viola kombinezo kun tutuo. Ŝia blonda hararo estis firme kolektita en ĉevalvosto, kaj sur ŝiaj okuloj estis paro da violaj sunokulvitroj. Ŝi aspektis saltema, amika kaj ĉarma, dum ŝi transiris la ekranon. Ŝi turniĝis kaj haltis, kiel modelo sur podiaro, kaj pozis.

E-Z mokridis; li ne povis sin deteni.

"Nu, almenaŭ mi ne aspektas kiel pozulo kun falsaj muskoloj!" ŝi diris.

E-Z ne komentis.

La animacia Lia etendis siajn brakojn antaŭen, kun la manplatoj turnitaj al la grundo. Tiam, jen, ŝi turnis ilin supren. La maldekstra okulo en ŝia manplato malfermiĝis, sekvita de la dekstra. Ili palpebrumis samtempe. Lia tenis sian pozon, poste fajfis tra siaj fingroj.

"Ho, se mi povus vere fari tion!" ŝi diris, provante imiti la animacian version de si mem.

E-Z fajfis.

"Fanfaronulo," ŝi diris, kubuke puŝante lin.

Nun Malgranda Dorrit aperis sur la ekrano. Ŝi estis eleganta kaj femineca, kaj blankega kiel neĝo. La unukorno flugis al Lia, surteriĝis, kaj klinis sian kapon, por ke la knabineto povu karesi ĝin. Lia sursaltis, kaj la

Eta Dorrit flugis apud E-Z. Ili flosadis, poste turnis siajn kapojn.

Tio estis la signo por Alfred. En desegnofilmeca formo lia hela oranĝkolora beko ŝajnis brili en la lumo. Tio estis rekta kontrasto al lia bombon-poma ruĝa papilion. Dum li paŝis al Lia kaj E-Z, liaj membrigitaj piedoj ŝlirmis kvazaŭ ili estus suĉtazoj.

"Miaj piedoj ne faras tiun sonon!" diris Alfred.

"E-hm, ankaŭ ili," diris E-Z kun subrido, dum Alfred sur la ekrano etendis siajn flugilojn kaj flugis al la flanko de siaj du kamaradoj.

La Tri pozis. E-Z estis en la mezo, alfrontante Lia-n maldekstre kaj Alfred-on dekstre. Tiam okazis. La Tri – nu, Lia kaj E-Z levis siajn dikfingrojn supren. Alfred, por sia parto, faris geston de levitaj flugiloj.

"Tio estas embarasa," flustris E-Z al Alfred.

"Ne ŝerce!"

"Ŝŝ," diris Lia, kiam la voĉo super la bildo eksonis. Estis la voĉo de Arden, sed lia tono estis pli malalta. Li sonis kiel gastiganto de ludspektaklo.

"Se vi bezonas superheroo... E-Z, Lia kaj Alfred – ankaŭ konataj kiel La Tri – estas je via servo dudek kvar horojn tage, sep tagojn semajne. Voku ***-***-**** aŭ sendu mesaĝon per sociaj retoj.

Kiam vi bezonas iun por helpi vin... Voku La Tri. Ili estos tie por vi... tuj. Vi povas fidi je ili... ĉar ili estas la plej bonaj, kiujn vi vidos. Dudek kvar horojn tage, sep tagojn semajne... kontenteco garantiita."

"Kaj nun por la granda fino," diris Arden.

La Tri krucis la brakojn sur siaj brustoj. Alfred faldis siajn flugilojn.

"E-e-em, tio ne eblas," diris Alfred.

"Ŝŝŝ," diris Lia.

Unu post la alia, kun la mentonoj elpuŝitaj antaŭen, La Tri pozis.

PJ premis la paŭzbutonon.

"Konsiderante tion, kion vi diris pri jurisdikcioj, ni eble devos ŝanĝi ĉi tiun parton," li diris. Li premis la startbutonon.

"Neniu tasko estas tro granda aŭ malgranda por ni!" diris komputiligita versio de la voĉo de E-Z.

Tiam cirklo en la centro de la ekrano turniĝis, turniĝis, kiel vifio provanta trovi signalon. Nun la vorto

BAM!

plenigis la ekranon. Poste la vorto

SOCKO!

Ili spektis, dum E-Z savis katon, kiu estis blokiĝinta alte en arbo.

"Ho, frato," li diris.

La voĉo de lia animacia rolulo daŭrigis.

"Ni estas La Tri

Ni estas ĉi tie por vi!

Kato kaptita en arbo...

Ni malsuprenigos lin por vi!"

Oni montris E-Z-on transdonanta la savitan katon al familio.

"Nu, tio neniam okazis," li diris.

"Ni, nu, iomete poezie liberis," Arden konfesis.

"Ni povas ripari ion ajn, kio ne plaĉas al vi," diris PJ.

Nun la cirklo aperis sur la ekrano denove, turniĝante ĉirkaŭe. Kiam ĝi haltis, la ekrano pleniĝis per la vorto

BANG!

Sekvite de la vorto

ZIP!

Sur la ekrano, animacia E-Z savis aviadilon plenan de pasaĝeroj. Dum li surterigis la aviadilon, centoj da atendantaj observantoj sur la kurejo aplaŭdis.

"Nu, tio jam pli similas," li diris.

"Ŝŝ," diris Lia.

Sur la ekrano E-Z diris,

"Ĉar ni estas viaj amikoj!

Niaj servoj estas senpagaj.

24/7

Ĉar ni estas La Tri!"

Denove la cirklo, turniĝanta ĉirkaŭe. Sekvite de

BINGO!

Kaj

BAM!

Nun la savado per onda fervojo estis rekreita en animacia formo. Ĝi estis tre bona. Tiel preciza, ke oni povis flari la sukerlanon kaj karamelizitan maizon.

"Ho!" diris E-Z.

Lia aplaŭdis.

Alfred skuis sian kolon de flanko al flanko, kvazaŭ oni ĵus ŝprucigus lin per tre malvarma akvo.

"Mi amas ĝin!" diris Lia. "Kaj dankon, ke vi inkluzivis mian plej ŝatatan koloron. Kiel vi sciis?"

"Mi rimarkis, ke vi multe portas ĝin," diris PJ. Liaj vangoj ruĝiĝis. "Mi tiom ĝojas, ke ĝi plaĉas al vi."

"Kion vi pensas, E-Z?" demandis Arden.

Alfred ekrigardis en la direkton de E-Z.

"Tio estis, eh," diris E-Z, "eh... bona klopodo."

"La vespermanĝo pretas, venu manĝi!" vokis Sam.

"Lasu la naskiĝtagan knabon iri unue," diris Samantha.

E-Z trairis la korton, kun Alfred.

"Parolu pri perfekta tempigo," li diris.

"Jes, tiuj du estas ankoraŭ stultuloj," Alfred respondis.

"Sed iliaj koroj estas en la ĝusta loko. Ĝi estas lerta ideo, nur iom troa por ni."

"Iom?" Alfred kriegis.

"Bone, multe, sed ili ja provis. Ni povas konservi tion, kion ni ŝatas, kaj forigi la reston."

Kiam ĉiuj ricevis sian manĝaĵon, ili sidiĝis ĉe la piknika tablo kaj manĝis. La ĉielo ŝanĝiĝis, kaj brilaj steloj plenigis la ĉielon ĉirkaŭ ili. Ili manĝis ĝis sata, poste Samantha elprenis la naskiĝtagan kukon, kiun ŝi bakis, kaj ĉiuj kantis "Feliĉan Naskiĝtagon!".

"Parolado! Parolado!" Arden instigis kaj baldaŭ ĉiuj aliĝis.

E-Z pensis dum kelkaj sekundoj.

"Dankon, ke vi faris mian dek-kvintan naskiĝtagon speciala. Mi ŝatus preni minuton por memori mian panjon kaj mian paĉjon, kaj por kunhavigi kun vi naskiĝtagan memoron. Ĉu tio bonas? Mi promesas, ke mi ne tro emociiĝos."

Ĉiuj kapjesis.

Samantha, kiu ekde sia gravedeco ĉiam estis tro emocia. Ĉu pro ĝojo aŭ pro malĝojo, ŝi viŝis larmon antaŭ ol li eĉ komencis. "Mi fartas bone," ŝi diris, dum Sam metis sian brakon ĉirkaŭ ŝin.

"Estis je mia kvina naskiĝtago. Mi ne volis feston, kaj petis anstataŭe iri spekti filmon. Anstataŭ rigardi en la gazeton por ekscii, kio estis montrata, ni simple decidis simple aperi kaj decidi surloke, kion spekti. Aŭ ili diris, ke mi rajtas elekti, ĉar mi estis la Naskiĝtaga Knabo."

Li fermis la okulojn dum sekundo.

Li tuj ree estis en la kinejo. Jen estis Panjo, plurtavole vestita en parka. Ŝi havis sur ŝi orelkovrilojn, kaj ŝi frotis siajn manojn unu kontraŭ la alian, kiel ŝi ĉiam faris. Panjo ĉiam portis gantojn kaj plendis, ke ŝiaj fingroj malvarmiĝas.

Paĉjo portis sian ĝisgenuan bluan mantelon super ĝinzoj. Li ne ŝatis porti ĉapelon en la urbon, ĉar ĝi malordigus lian hararon. Liaj manoj estis sen manugantoj, ŝovitaj en lian mantelan poŝon kun liaj ŝlosiloj.

E-Z flaris la aeron. Li povis flaradi la buteran pufmaizon interne de la kinejo, atendante ke ili eniru kaj mendu ĝin.

Ili rigardis la afiŝojn.

"Kio pri tiu?" diris lia panjo.

"Ne, E-Z preferas tiun?" diris lia paĉjo.

Li remalfermis la okulojn.

Anstataŭ esti en la postkorto kun sia familio kaj amikoj, li estis reen en la silo – denove. Li ne estis reen tie de kiam la arĥanĝeloj rompis sian interkonsenton.

"Feliĉan Naskiĝtagon!" ekkriis la voĉo en la muro.

Panelo en la muro apud li malfermiĝis kaj kuketo elpafiĝis. Sur ĝi estis skribite: "Feliĉan Naskiĝtagon, E-Z." En la mezo estis unu kandelo, jam ekbruligita.

"Ĝuu!" diris la voĉo, ĵetante tranĉilon kaj forkon sur la tablon apud li.

"Ehm, dankon," li diris. "Kial mi estas ĉi tie?"

"La atendotempo estas kvar minutoj," diris la ĝena voĉo. "Bonvolu resti sidanta."

Kvazaŭ li havus ian elekton pri la afero.

ĈAPITRO 1

Naskiĝtago interrompita

E-ZNETUŜISLA kuketon antaŭ si, kvankam ĝi aspektis kaj odoris bone. Li scivolis, kio okazas ĉe lia festo hejme. Almenaŭ li sciis, ke ili ne povus tranĉi la kukon ĝis li estingos la kandelojn kaj faros deziron. Iu naskiĝtaga festo hejme, kiam li eĉ ne ĉeestis!

"Eligu min de ĉi tie!" li kriis. "Mi maltrafas mian propran dek-kvaran naskiĝtagan feston kaj mi estis meze de rakonto."

La tegmento de la silo larĝe malfermiĝis kaj Eriel svingiĝis al li kiel fulmo en ŝtormo.

"Bone estas revidi vin, eksa protektito," li diris.

"La sento ne estas reciproka. Kial mi estas ĉi tie? Mi pensis, ke mi jam finis kun vi ĉiuj, kaj estas mia naskiĝtago – mi devas reveni al ĝi."

"Jes, mi ja pardonpetas pro la momento – sed ni ne povis lasi vian naskiĝtagon pasi sen almenaŭ deziri al vi feliĉan naskiĝtagon."

"Ehm, dankon, mi pensas."

"Kaj ĉar vi estas ĉi tie, kial vi ne gustumas vian naskiĝtagan kukelon? Kaj ne forgesu fari deziron – vi bezonos ĉian helpon, kiun vi povas ricevi!" diris la arĥanĝelo kun subrido.

Apud E-Z malfermiĝis fenestro, kaj elvenis mekanika brako portanta brulantan alumeton. Ĝi ekbruligis la meĉon, poste retiriĝis reen en la muron tiel rapide, ke la alumeto estingiĝis. E-Z rigardis la flamantan kandelon.

Li scivolis, kion signifis tiu lasta komento, sed konkludis, ke Eriel ŝercas kun li. Lia menso blokiĝis. Li ne povis pensi pri eĉ unu deziro. Krom tio, li estis reen hejme kun siaj amikoj kaj familio festante sian naskiĝtagon. Dum li elblovis la kandelon, Eriel ekkantis. Ĝi estis vigla prezento de la kanto, "Ĉar li estas tre gaja ulo, kion neniu povas nei."

"Sen ofendo," diris E-Z, "sed oni devus kanti 'Feliĉan Naskiĝtagon'."

"La intenco gravas," diris Eriel. "Nun, kiam ni finis la naskiĝtagan parton de via vizito, ni ŝatus scii, ĉu vi jam solvis la enigmon?"

"Enigmon? Kian enigmon?"

"Jes, ni sugestis, ke vi provu fari konektojn – en viaj pasintaj provoj. Ĉu vi memoras, kiam ni diris, ke ni ne volas tro facile nutri vin? Ĉu vi havis ian sukceson farante tion?"

"Ho, tio ne ŝajnis prioritato aŭ enigmo por mi solvenda, precipe ĉar vi perfidis vian proponon. Sed jes, mi skribis en mia notlibro, registrante aferojn, kiujn ni atingis ĝis nun, kaj mi ja rimarkis kelkajn ligojn al videoludado, sed ili estis tute hazardaj."

"Hazarda! Tute ne. La incidentoj estas ligitaj – ĉiu povas vidi tion!" diris Eriel, tenante sian voĉon malalta por ne perdi la paciencon.

"Nu, pardonu, sed hazardaĵoj okazas la tutan tempon. Ĉu vi scias, kiom da infanoj ludas komputilajn ludojn? Mi serĉis enrete. En 2011, laŭ la informoj, naŭdek unu procentoj de infanoj inter la aĝoj de du kaj dek sep jaroj ludas ĉiun solan tagon. Tio estas ĉirkaŭ kvardek kvar milionoj da infanoj tutmonde."

'Aha, do vi precize trafis tion. Tio estas bona. Ĉu vi eltrovis ion alian pri tio? Aŭ ĉu vi havas iujn zorgojn?

Ĉu estas iu kialo, pro kiu vi devus fari plian esploradon – esplorado estas bona. Iniciato estas tre, tre bona."

"Ne. Mi estas sufiĉe okupata pri aliaj aferoj – lernejo kaj kio ajn. Cetere, se vi volas, ke mi plue esploru ĝin – unue vi devos konvinki min, ke ĝi estas io pli ol koincido. Mi ja kontrolis kelkajn pliajn statistikojn. Ekzemple, estas pli da knabinaj ludantoj ol iam ajn antaŭe. Multaj kreis entreprenojn en Jutubo kaj vivtenas sin. Kompreneble ne infanoj, sed laŭ la statistikoj, kiujn mi legis rete en 2019, kvardek ses procentoj de la ludantoj estas knabinoj."

Eriel frapetis sian longan kaj ostecan fingron sur sian mentonon, kvazaŭ li pripensus tion, kion E-Z diris al li. "Ha, denove mi estas impresita. Ĉu vi ne trovas tiujn statistikojn zorgigaj?"

"E-hm, ne, mi ne trovas." Li profunde enspiris, perdante la paciencon pro la maltrafado de sia naskiĝtago. "Ĉu gravas, ke ni faru tion hodiaŭ? Ĉu vi ne povas revenigi min ĉi tien alian fojon? Nenio, pri kio ni parolas, sonas kritika."

Eriel ĉesis frapeti kaj lia dekstra brovo suprensaltis. Li fikse rigardis la naskiĝtagan knabon.

"Aŭ ĉu jes?" demandis E-Z.

Eriel atendis antaŭ ol respondi. Li elektis siajn vortojn, kvazaŭ li havus malfacilon eldiri ilin. Li levis la tonaltecon de sia voĉo al sopraneco kaj diris, "Ĉu-io-al-i-a pri-ti-n-g pri ti-uj du in-ci-de-n-toj? Io ajn por ka-uz-i pa-ni-kon? Por ek-brul-igi vin?"

E-Z deziris, ke Eriel simple klarigu la aferon kaj venu al la punkto. Li ne volis hontigi sin, dirante la evidenton aŭ erarante.

"Rafaelo pravis, vi ja estas iom stulta."

"Hej!" E-Z kriis. "Se vi bezonas mian helpon, vi agas tre strange por ricevi ĝin." Li pasigis sian fingron tra la glazuro sur la kuketo kaj suĉis sian fingron. Ĝi gustis bone, kiel sukerŝaŭmo. "Mortigado. Unu provis mortigi min, kaj la alia mortigis homojn en vendejo. Ambaŭ diris, ke iliaj motivoj rilatis al la ludo."

"Tra la celo," diris Eriel.

"Kaj?"

"Ne gravas!" Eriel malaperis tra la plafono, kantante, "Dikega kiel briko, dikega kiel briko, dikega kiel briko."

E-Z levis siajn pugnojn en la aeron. "Revenu ĉi tien kaj diru tion al mia vizaĝo!"

La rido de Eriel eksonis, resaltante de la muroj.

PFFT.

"Ehm, dankon," diris E-Z, poste li trovis sin reen hejme, ĉe sia festo. Ĉiuj estis okupitaj, ludante ludojn, farante siajn proprajn aferojn – kvazaŭ li tute ne estus tie – kio ja estis la kazo.

Li rigardis, dum Sam ludis sian vicon ĉe ŝtupetpilko. Li ne estis aparte lerta pri tio, sed E-Z tamen aliris kaj rigardis lian duan provon. Post kiam li finis sian ĵeton, tute trafante la celon, li iris al la flanko de sia nevo.

"Mi vidas, ke vi ankoraŭ lernas ludi ĉi tiun ludon," diris E-Z.

"Jes, ĝi estas akirebla talento. Cetere, kien vi iris?"

"Eriel volis deziri al mi feliĉan naskiĝtagon, interalie."

"Hm, estis afable de li. Ĉu ne?"

"Nu, vi konas Eriel. Li neniam faras ion sen motivo. Ĉi-kaze, li volis, ke mi faru ligon bazitan sur memoro."

"Memoro pri kio? Viaj gepatroj? La akcidento?"

"Ne, li volis, ke mi faru ligon inter du el la instigantoj de la proceso. Kion mi fakte faris. Poste li foriris, dirante ke mi estas stulta kiel briko."

"Kia malĝentileco!" ekkriis Lia. Ŝi kaŝe aŭskultis, ĉar ŝin terure enuigis la pilkĵetada ludo.

"Kaj ankaŭ je via naskiĝtago," diris Alfred. Li estis eĉ pli senespera ol Sam, ĉar li devis ĵeti la pilkojn per sia beko.

"Ĉu vi volas provi?" demandis PJ, transdonante la pilkon al E-Z, kiu repoziciigis sian seĝon antaŭ la celo, kaj poste ĵetis la pilkon. Ĝi trafis la supran ŝtupeton, rotaciis kelkfoje, kaj alteriĝis en la premiitan pozicion.

"Tiel oni faras!" diris Sam.

"PJ kaj mi ĵetadis tiel dum la tuta ludo," diris Arden.

"Ha, sed vi ne estas mia nevo," respondis Sam.

La festo daŭris ĝis fariĝis tro malhele por plu ludi, kaj ĉiuj decidis ne kunkanti. PJ kaj Arden hejmeniris, dum E-Z kaj la ceteraj el la bando enlitiĝis.

ĈAPITRO 2

PROBLEMO

DU TAGOJN POST LA naskiĝtaga festo de E-Z, PJ kaj Arden trovis sin en iom da embaraso.

Estis Lia, kiu havis la vizion, ke io ne bonas. Ŝi rakontis la vizion al Alfred kaj E-Z, "Estis kvazaŭ ili estus en transo. Kaj ili ambaŭ sidis ĉe siaj skribotabloj, fiksrigardante blankajn komputilajn ekranojn."

"Tio ne estas nekutima," diris E-Z. "Ili ja ofte ludas kune, kaj eble ili dormis."

"Kun malfermitaj okuloj?"

"Bone, ni iru tien," diris E-Z.

"Estas meze de la nokto!" ekkriis Alfred.

"Tamen, ni prefere kontrolu."

La Tri kaŝe eliris el la domo, decidante unue iri al PJ, ĉar ties hejmo estis la plej proksima.

"Mi ne pensas, ke liaj gepatroj aprezos tiel malfruan viziton," diris Alfred.

"Ili komprenos," diris Lia, sonorigante la pordon.

Momenton poste, tre dormema viro, froteante siajn okulojn, malfermis la pordon en siaj piĵamoj – la patro de PJ.

"Kiu estas?" ŝia patrino vokis el interne.

"Estas la amikoj de PJ," diris lia patro. "Ĉu io malbonas?"

"Ehm," diris E-Z, "Pardonu la ĝenon, sed ni vere bezonas vidi PJ-n. Estas urĝe."

"Do vi pli bone envenu," diris la patro de PJ.

ĈAPITRO 3
PLI FRUE

PLI FRUE VESPERE, PJ kaj Arden laboris pri la Superheroo Retejo. Ili ĝisdatigis informojn kaj aldonis kelkajn novajn elementojn.

Antaŭe, kiam peto pri helpo alvenis, retpoŝto estis sendita al la enirkesto. La sekvan fojon, kiam iu ensalutis, tiu vidis ĝin kaj respondis konforme. Per la nova sistemo, E-Z, Arden kaj PJ ricevus tekstmesaĝojn tuj.

Aldone al tio, la petanto ricevus tempstampitan aŭtomatan respondon. PJ kaj Arden estis certaj, ke tiu ĉi aŭtomatigita plibonigo pliigus konfidon kaj alportus pli da trafiko al la retejo.

PJ kaj Arden ankaŭ starigis Jutuban Kanalon kun Podkasto. Tio estis io nova, kion ili elpensis dum cerboŝtorma sesio. Ili entuziasme volis rakonti pri tio al E-Z. Ĝi estus bonega maniero por pliigi la retan ĉeeston de La Tri. Ili ankaŭ kreis Komunumon por malferma diskuto.

La sistemo ankaŭ kategoriigis envenantajn mesaĝojn. Ekzemple, savi katon el arbo. La Tri ricevis plurajn petojn por ĉi tiu servo. Ĉar lokaj oficistoj estis pli bone ekipitaj por respondi al ĉi tiuj vokoj, PJ kaj Arden faris ĝin Kodblua.

Kodo Blua signifis, ke kiam E-Z alvenis por savi la katon, tiu jam estis savita. Kodo Blua indikis, ke li atendu, por vidi ĉu la situacio estis solvita antaŭ ol ekiri.

Kodo Flava povus signifi, ke iu forgesis siajn ŝlosilojn aŭ ŝlosis siajn ŝlosilojn ene de sia aŭto. Denove, kiam E-Z alvenis, la situacio jam estis solvita. Denove, la konsilo estis atendi kaj kontroli antaŭ ol ekiri.

Kategoriigante la Kodojn Bluan kaj Flavan, E-Z kaj lia teamo povus koncentriĝi pri la pli gravaj alvokoj, t.e., la Kodoj Ruĝaj.

Kodo Ruĝa estis kiam vivoj aŭ korpopartoj estis en danĝero. De kiam la retejo estis starigita, La Tri ricevis neniun peton en ĉi tiu kategorio.

Kontentaj pri tio, kion ili atingis, ili decidis iom malstreĉiĝi. Ili aliĝis al multludanto-ludo.

"Tri knabinoj," tajpis PJ al Arden.

"Ni povas venki ilin!" li respondis.

La ludo komenciĝis kaj unue, ĉio disvolviĝis kiel ĉiam. Ili superfortis la knabinojn, suprenirante nivelon post nivelo, mortigante ĉion videblan. Tiam subite ĉio tute haltis.

ĈAPITRO 4
LA DOMO DE PJ

E-Z, Lia, Alfred kaj la gepatroj de PJ iris laŭ la koridoro en lian ĉambron. Tio, kion ili vidis, estis plejparte kiel Lia antaŭvidis. La diferenco estis, ke la komputila ekrano ankoraŭ estis ŝaltita. Ĝi fulmis kaj tremis, dum PJ ŝajnis esti profunde endormita.

"Kio estas kun li?" demandis la patrino de PJ. "Li devus esti en la lito, dormanta. Rigardu lian sintenon. Li verŝajne estas senakvigita. Mi alportos al li glason da akvo."

La patro de PJ transiris la ĉambron kaj skuis la ŝultrojn de sia filo. Li atendis, ke lia filo vekiĝos, sed li ne vekiĝis. Anstataŭe, li glitis malsupren en sia seĝo, kaj falus sur la plankon, se lia patro ne kaptus lin. Li portis sian filon kaj metis lin sur lian liton.

La patrino de PJ revenis, metis la akvon sur la flanktablon, poste premis siajn lipojn kontraŭ la frunto de sia filo. "Neniu febro," ŝi diris.

La patro de PJ levis la dekstran palpebron de sia filo kaj vidis, ke videblis nur la blankaj partoj de liaj okuloj. "Voku la krizservon," li ekkriis.

"Ne, mi pensas, ke ni devus voki nian familian kuraciston, Doktoro Flannel," diris la patrino de PJ. "Li jam venis ĉi tien por hejma vizito. Kiam estis urĝa kazo – kaj ĉi tio certe estas urĝa kazo."

"Sinjorino Handle," diris E-Z, "li fartos bone."

"Kompreneble, li fartos," ŝi respondis, dum S-ro Handle eliris el la ĉambro por telefoni al Doktoro Flannel.

Kiam li revenis, ili ĉiuj silente atendis kune, rigardante PJ-n dum li dormis. Kvazaŭ ili atendus, ke li subite saltos supren kaj komencos petoli. Estus tute laŭ lia stilo ŝajnigi sin. Iluziigante ilin.

S-ro Handle estis nervoza, saltigante sian kruron supren kaj malsupren dum li sidis. Li stariĝis, transiris la ĉambron, kaj kliniĝis por rigardi la durdiskon. Li levigis sian piedon, kvazaŭ por piedbati ĝin, sed en la lasta momento li alipensis kaj eltiris la kablon el la ŝtopingluo. Ili rigardis, dum S-ro Handle komencis tremi tra sia tuta korpo, ĝis li faligis la ŝtopilon. Li turniĝis kaj paŝis al ili. Malantaŭ li fumo elfluis el la durdisko. Sekundojn poste la monitor-ekrano fendiĝis.

"Kaptu la fajroestingilon!" kriis Alfred, sed E-Z jam kaptis la glason da akvo kaj ĵetis ĝin sur la skatolon. Ĝi ŝprucis kaj ambaŭ ekranoj samtempe mortis.

La patrino de PJ kuris al sia edzo, kaj helpis lin sidiĝi.

"La kuracisto ankaŭ povos vin ekzameni, kiam li alvenos," ŝi diris. "Vi estas tiel bonŝanca. Mi ne eltenus, se vi ambaŭ vundiĝus."

"Mi fartas bone," diris S-ro Handle.

Sed por La Tri, li ne aspektis bone. Li estis pala, iom verda kaj iom griza.

"Ne zorgu," diris S-ro Handle. "Dankon pro la rapida pensado, E-Z." Poste al sia edzino, "Bone, ke vi alportis tiun akvon."

"PJ tre koleros, kiam li vidos, ke lia komputilo estas ruinigita."

"Nu, nu," diris S-ro Handle. "Li komprenos."

Li klare pliboniĝis, kaj La Tri rimarkis, ke lia spirado normaliĝis, same kiel lia paleco.

Ĉar ĉio ŝajnis en ordo, E-Z menciis Ardenon. "Dum vi atendas la kuraciston, ni vere devas kontroli pri Ardeno. Ni pensas, ke li eble estas en simila stato."

"Ili ofte ludas kune, sed kio diable povus kaŭzi tion?" demandis S-ro Handle.

"Mi ne scias, sed ĉu vi kontraŭas, se mi iros kontroli Ardenon?"

"Iru," diris S-ino Handle.

"Lia restos ĉi tie kun vi," diris E-Z.

"Ŝi povos informi nin, kaj se vi bezonos nin, ni tuj revenos."

"Dankon, E-Z kaj Alfred," diris S-ro Handle, dum li akompanis ilin al la ĉefpordo.

CAPITRO 5

LA HEJMO DE ARDEN

E-Z KAJ ALFRED IRIS al la hejmo de Arden. Antaŭ ol ili eĉ havis la ŝancon frapi, la patro de Arden, s-ro Lester, malfermis la pordon.

"Kiel vi sciis?" li demandis.

E-Z ne povis diri al li la veron. Do anstataŭe, li improvizis mensogon. "Nu, mi estas la plej bona amiko de Arden de mia tuta vivo, do mi iel scias, kiam io ne bonas. Ĉu mi povas vidi lin?"

"Kompreneble, envenu en lian ĉambron," diris la patrino de Arden, s-ino Lester. "Ne alarmiĝu. Li nur dormas. Li fartos bone matene."

S-ro Lester prenis la manon de sia edzino kaj kondukis ŝin laŭ la koridoro ĝis la loko, kie Arden profunde dormis.

"Ho," ekkriis Alfred, kiam li vidis lin. "Li aspektas kvazaŭ li estus ŝokita."

"Rigardu sub liajn palpebrojn," diris s-ro Lester.

E-Z tiris la palpebron de sia amiko malantaŭen. La pupilo de PJ estis videbla, sed ĝi estis pli granda kaj aspektis kvazaŭ ĝi povus eksplodi el sia okulo iam ajn. Li remalfermis la palpebron super ĝi.

Alfred Hoo-h-h-is. Tion la Lester-oj aŭdis. Kion li diris estis: "Kio diable kaŭzus tion? Timo? Aŭ io pli serioza, kiel konvulsio?"

E-Z levis la ŝultrojn sen respondi. La geedzoj Lester jam estis sufiĉe timigitaj kaj streĉitaj, krome ili nur divenus.

"Kie precize vi trovis lin?" demandis E-Z.

"Li sidis antaŭ sia komputilo," diris s-ino Lester.

"Ĉu la ekrano estis ŝaltita?" li demandis.

"Jes, ĝi estis," diris S-ro Lester. "Ni telefonis al nia familia kuracisto. Li estas okupata nun, en alia voko, sed li respondos al ni."

"Ili jam vokis kuraciston al la hejmo de PJ, Doktoro Flannel. Mi telefonu al Lia kaj vidu, ĉu li jam faris diagnozon."

"Ili preskaŭ estas la samaj," li diris.

"Kion vi celas per 'preskaŭ'?"

Li rulseĝe eliris el la ĉambro. Ne necesas plue maltrankviligi la familion Lester ol ili jam estis. Li flustris en la telefonon, "Liaj pupiloj ankoraŭ videblas, sed ili estas grandegaj. Kiel ulceroj, kiuj baldaŭ krevos!"

"Ho, fia!" diris Lia. "Eble li devus iri al la hospitalo?"

"Ili jam telefonis al sia familia kuracisto, sed li ne estas disponebla. Do, sciigu min tuj kiam D-ro Flannel donos sian opinion kaj mi pludonos ĝin. Vi eble volos rakonti al li pri la okulo de Arden kaj vidi, ĉu li konsilus tujan enhospitaligon."

"Bone. Mi kontaktos vin."

Li klarigis ĉion al la geedzoj Lester. Ili rigardis antaŭen, kun senesprimaj vizaĝoj. Li maltrankviliĝis pri tio, kiel ili akceptas ĉion.

"Ĉu iu deziras tason da teo?" demandis s-ino Lester.

"Ne, dankon," diris E-Z. S-ino Lester estis unu el tiuj patrinoj, kiuj kredis, ke teo povas solvi la plej multajn problemojn.

S-ro Lester sekvis sian edzinon en la kuirejon.

"Ĉu vi ne kutime partoprenas iliajn ludojn?" Alfred demandis, nun kiam li kaj E-Z estis solaj kun Arden.

"Foje," diris E-Z, "Sed lastatempe, se mi havas iom da libera tempo, mi kutime pasigas ĝin skribante. Mi ne havas multan tempon por mi mem ĉi-tempe."

"Komprenebla. Pardonu, se mi tro ĝenas vin."

"Ne, estas bone. Mi devas pli organiziĝi. La lerneja laboro fariĝas pli komplika, vi scias, ni estas survoje al kariero kaj diplomiĝo. Ili volas, ke ni sciu, kien ni iras, kaj ni eĉ ne scias, kie ni estas."

"Mi memoras tiujn tagojn, sed vi eltrovos tion. Ĉiuokaze, mi ĝojas, ke vi ne ludis la ludon kun ili – alie vi eble estus en la sama stato kiel ili."

"Vere. Mi ne povas imagi, kio tiom timigus ilin... se tio ja okazis. Mi volas diri, ludo estas ludo – ne la realo. Ĝi devas esti estinta terura konkurso."

La Lester-oj revenis al la ĉambro de sia filo.

"Kio okazis?" kriegis S-ino Lester.

La palpebroj de Arden nun estis malfermitaj, montrante tute blankajn internajn partojn. Kiel ĉe PJ, liaj pupiloj malaperis.

E-Z havis senton de *déjà vu*, dum S-ro Lester transiris la ĉambron kaj kliniĝis por elŝtopi ĝin.

"Ĉesu!" kriis E-Z. "Ne tuŝu ĝin!"

S-ro Lester senmoviĝis.

"S-ro Handle preskaŭ ekkurentiĝis, kiam li tuŝis ĝin. Plej bone estas lasi ĝin trankvila."

"Ho, dank' al Dio, ke vi estis ĉi tie kaj avertis min," diris S-ro Lester.

"Jes, dankon, E-Z. Mi ne povus elteni tion, se mia filo kaj mia edzo ambaŭ vundiĝus. Mi simple ne povus." Ŝi transiris la ĉambron kaj ĵetis siajn brakojn ĉirkaŭ sian edzon.

"Poste lia komputilo kraŝis, la ekrano fendiĝis, kaj fumo eliris el ĝi," klarigis E-Z.

"Do, la komputilo de PJ estas kradrostita, fritita – neniigita. Dum la komputilo de Arden ankoraŭ estas sendifekta. Se ni eltrovos, kiel eniri ĝin – sekure – eble ni povos ekscii, kio okazis al ili. Unue, mi devas telefoni al Onklo Sam kaj peti lian helpon. Li estas IT-teknikisto, do li scios, kion fari."

"Atendu," diris S-ino Lester. "Ĉu vi diras al ni, ke kaj PJ kaj Arden estas, la samaj?"

Li kapjesis.

"Mi ĉiam diris, ke komputiloj estas malbonaj!" ŝi diris. "Mia Arden estas atleto. Li devus esti ekstere ludanta sportojn, ne sidanta ĉe sia komputilo kaj malŝparanta sian tempon." Ŝi eksploregis sur la brusto de sia edzo kaj li tenis ŝin.

"Komputiloj estas necesaj por la lernejo," diris s-ro Lester. "Nia filo faris nenion malbonan kaj mi certas, ke li tuj reiros al sia kutima stato. Li bezonas iom da dormeto. Iom da ripozo, jen ĉio. Li fartos bone."

Alfred bojetis.

E-Z ricevis mesaĝon sur sian telefonon. "Lia diras, ke Doktoro Flannel diris al ili lasi PJ-on kie li estas. Li diris, ke liaj okuloj devus mem reiri al normalo. Li diras, ke PJ ŝajnas ne suferi doloron. Lia korbato kaj pulso estas normalaj. Li bezonas ripozon."

"Dankon," diris S-ro Lester.

"Dankon, ke vi vizitis nin," diris S-ino Lester. "Ni sciigos vin, se okazos iuj ŝanĝoj."

E-Z kaj Alfred foriris post longa vizito kaj renkontiĝis kun Lia, kaj ili ĉiuj kune promene iris hejmen.

"Mi ne povas ne scivoli," diris E-Z, "ĉu ĉi tiu afero kun PJ kaj Arden celas esti provo. Eriel aludis, ke mi devus zorgi pri io. Ke mi eĉ devus voli esplori ĝin. Se tiel estas, mi ne certas, kiel mi devus ripari ĝin. Ĉu vi havas iujn ideojn? Krom peti Onklon Sam helpi nin eniri la komputilon de Arden – mi tute ne scias, kion fari."

"Estas strange, se temas pri provo," diris Alfred. "Ĉar provoj estas afero de la pasinteco, ĉu ne?"

"Jes, sed se PJ kaj Arden vundiĝus, tiam mi havus neniun alian elekton ol enmiksiĝi. Eĉ se la arĥanĝeloj rompis nian interkonsenton."

"Ili ambaŭ ŝajnas tiel senkonektaj. Kion ili atendas, ke vi faru? Ne kvazaŭ vi havus resanigajn povojn aŭ ion similan," diris Alfred.

"Sed VI JA HAVAS!" diris Lia.

"Jes, sed nur kiam ili estas uzeblaj. Mi ja provis komuniki kun iliaj mensoj. Sed estis kvazaŭ ili estus malplenaj. Mi ne povis atingi ilin. Por resanigi ilin, devus esti ia konekto. Kaj estis nenio, al kio mi povus konektiĝi. Mi daŭre demandas min, ĉu mi devus peti helpon de Ariel. Ŝi estas la Anĝelo de la Naturo. Eble estas io, kion ŝi povas sugesti, aŭ io, kion ŝi povas fari, kion mi ne povas."

"Tio estas promesplena ideo," diris E-Z.

JIPI

Ariel alvenis.

"Kio okazas?" ŝi demandis.

Alfred klarigis la situacion.

E-Z demandis, ĉu tio estis provo, kiun la arĥanĝeloj provis enŝovi post la faktoj.

"Ĉiukaze vi devas helpi viajn amikojn," ŝi diris. "Vi volas helpi ilin, ĉu ne?"

"Kompreneble, mi ja faras, sed tio, kion mi devas fari, kia ago necesas en provo, estas kutime pli evidenta."

"Ĉu mi ne aŭdis flustrojn, ke vi ne kapablas iniciati?" demandis Ariel.

"Ĉu vi sugestas," demandis E-Z, tenante sian voĉon malalta por ne perdi la paciencon, "ke la arĥanĝeloj komatosendis miajn amikojn por testi mian iniciatemon?"

Arielo ridetis. "Ne, mi ne sugestas ion tian. Sed, se tio estus juĝproceso, kion vi farus por helpi ilin?"

"Kiam juĝproceso estas prezentita al mi, mia cerbo ekfunkcias. Mi scias, kion fari por solvi ĝin, kaj mi simple faras tion. Pri ĉi tio, mi tute ne scias, kion fari por solvi ĝin. Ili estas en medicina danĝero. Mi ne estas kuracisto."

Arielo krucis la brakojn.

"Kion vi provis, Alfred?"

"Mi provis konektiĝi kun ambaŭ iliaj mensoj. Kutime, se mi povas resanigi homojn aŭ estaĵojn, ekzistas konekto – tia, kiun ne rompis ekstera forto. En ambaŭ iliaj kazoj, estis kvazaŭ la pordo estus frape fermita kaj mi ne povis trarompi ĝin."

"Do vi mem respondis al via propra demando," diris Ariel. "Ĉu estas io alia, pri kio mi povas helpi vin?"

"Vi ne estis precize ia helpo," diris Lia.

Alfred pardonpetis.

HURA

Kaj Ariel malaperis.

"Vi ne devus paroli al ŝi tiel," diris Alfred. "Se ŝi povus helpi nin, ŝi estus helpinta."

"Mi bedaŭras, sed estas frustre, kiam ili ne scias pli ol ni. Ili estas arĥanĝeloj! Ili devus scii ion, kion ni ne scias, alie, kia estas la senco de ili?" demandis Lia.

"Ĉu vi volas diri, ke Haniel ĉiam kapablas solvi ajnan problemon?"

Lia levis la ŝultrojn. "Mi ne havis multajn por diskuti."

E-Z diris, "Eriel estas senutila. Ĉiufoje, kiam mi petis lian helpon, li ĝin retenis. Jes, li donis konsilojn. Li diris al mi, ke mi mem eltrovu ĝin. Kiel kiam li alvokis min laste, li aludis pri ia konspiro, aŭ ligo, li nomis ĝin. Kiam mi divenis, kio ĝi estis – ludi ludojn – ke ekzistis ligo, li tamen estis senutila. Mi dezirus, ke ili simple diru ĝin. Ĉiukaze, tiam mi povos koncentriĝi pri eltirado de miaj du amikoj el ĉi tiu situacio."

"Ĉu vi komprenas, kion mi celas?" diris Lia. "Ĉiuj arĥanĝeloj estas tute senutilaj."

"Haniel helpis vin, kiam vi vundis viajn okulojn," ŝin memorigis Alfred.

Lia turnis al li la dorson.

"Ni esperu, ke la kuracisto pravis kaj ke ili ambaŭ estos en ordo morgaŭ matene," diris E-Z. "Tio estas ĉio, kion ni povas fari."

Alveninte hejmen, ili iris en la malantaŭan korton. Ili salutis Little Dorrit, rigardis la sunleviĝon kaj babilis pri sia sekva paŝo.

E-Z pripensis kelkajn aferojn, kiuj lin ĝenis. En La Blanka Ĉambro ili kuraĝigis lin kunligi la punktojn. Plej laste Eriel helpis lin precizigi la aferon.

Li rememoris ĉion, kion la knabino en la butiko diris al li. Kiel ŝi prenis ostaĝojn, kvazaŭ en ludo. Kiel ŝi portis kostumon, tiel ke ŝi aspektis kiel en-luda krimĉasisto.

Poste, li rememoris la detalojn pri la knabo ekster sia domo. La infano rekte diris, ke voĉoj en la ludo sendis lin por mortigi E-Z-on, kaj ke se li ne farus tion, lia familio estus mortigita.

Poste li pensis pri la implikiĝo de Eriel kaj la aliaj Arĥanĝeloj en la provoj. Nun PJ kaj Arden estis implikitaj.

Ĉu la arĥanĝeloj implikus ilin, por atingi lin? Ĉu estis lia kulpo – ĉar li estis tro malrapida en la solvado de la puzlo, kiun ili donis al li? La arĥanĝeloj diris, ke ili finis kun li. Ili nuligis la provojn kaj li ĝojis ne plu vidi ilin.

Kial ili revenis, provante krei novan ligon kun li? Tio ne povis esti koincido.

Li malfermis la buŝon por diri al Alfred kaj Lia, kion li pensis – anstataŭe, li denove falis en la silon. Nur ĉi-foje, anstataŭ ke la ujo estis el metalo, ĝi estis el vitro kaj li estis sen sia seĝo.

ĈAPITRO 6
KAP-AL-MALSUPREN

E-Z ESTIS PENDIGITA KAP-AL-MALSUPREN en vitra bulo, rigardante la verdan, verdan herbon de la tero. Li estis alte super ĝi, kaj lia kapo tiom doloris, ke li timis ĝi eksplodos kaj disŝutiĝos tra la tuta ujo. Sed feliĉe io tenis lin. Kio ĝi estis, li ne sciis.

Malsame ol la aliaj fojoj, kiam li estis en la silo, li ne estis sekurigita (nek lia seĝo) en loko. La alia afero, kiu maltrankviligis lin, pendante tiel kapaltere, estis, ke li ne vidus Erielon venantan. Nek li povus lin flari.

La momenton kiam li pensis pri Eriel, la ujo ŝoviĝis. Li timis fali. Volante kapti ion, sed estis nenio kaptinda krom la aero. Li ĉirkaŭprenis sin per siaj brakoj. Tiam li sentis movon. La vitra ĉambro turniĝis dekstrumen je cent okdek gradoj. Lia kapo tuj sentis sin pli bone, pli klare, kaj li koncentriĝis pri sia eliro. Ju pli frue, des pli bone.

Tamen tro malfrue, la aĵo ŝoviĝis, poste turniĝis je pliaj cent okdek gradoj. Metante lin rekte reen al la komenca loko.

"Saluton, Doody," kriis Eriel, premante sian vizaĝon kontraŭ la vitron. Poste li frapis kaj kantis, "Enlasu min, enlasu min."

"Eligu min de ĉi tie!" kriis E-Z.

"Kvietiĝu," flustris Eriel. "Vi estas ĉi tie pro la bonkoreco de mia koro. Mi volis persone diri al vi: viaj amikoj estas en danĝero."

"Ĉu vi celas PJ-on kaj Ardenon?" Eriel kapjesis. "Nu, tion mi jam scias! Vi grandega bufono!"

"Bastonoj kaj ŝtonoj rompos miajn ostojn, sed vortoj neniam povos vundi min," kantis Eriel.

"Se vi ne eligos min de ĉi tie – tuj – tiam mi faros al vi pli ol bastonoj kaj ŝtonoj povas fari!"

Eriel frapetis sian ostan fingron kontraŭ sian mentonon. Li ja finfine estis en la ĝusta pozicio, kio estis avantaĝo kompare kun la perspektivo de E-Z.

"Mi volis, ke vi sciu, ke kvankam viaj amikoj estas en danĝero, vi ne bezonas zorgi. Ili ne estas en superheroa danĝero." Li paŭzis. "Birdeteto diris al mi, ke vi pensas, ke ni provas kaŝenŝovi alian provon al vi... nu, ni ne faras tion. Lasu ilin al la sorto."

"Kion vi celas diri, ke ili ne estas en superheroa danĝero?" kriis E-Z.

Eriel malaperis kaj la vitra ujo falis. Li baraktis, ekvilibriĝis. Ĝi falis denove. Tio daŭris kaj daŭris, ĝis li estis certa, ke lia kranio baldaŭ fendiĝos kiel ovo sur la pavimon.

Tiam li vidis Alfredon, sur la rando de la gazono, maĉetantan herbon.

"Hej!" kriis E-Z. "HEJ!"

Alfred ĉesis manĝi kaj paŝegis al li. Li ekvidis sian amikon, pendantan kapalteren en vitra veziko.

"Kion vi faras tie?" demandis la trumpet-cigno.

"Eriel!" ekkriis E-Z.

"Sufiĉe parolite. Mi iros veki Sam-on. Mi esperas, ke li scios, kion fari por elpreni vin el tie."

"Bona ideo, kaj petu lin alporti mian seĝon."

Dum li atendis, E-Z malbenis sin. Li maltrafis oportunon postuli pli da informoj de Eriel. Li agis kiel viktimo. Li seniluziigis siajn du plej bonajn amikojn.

Li elpensis planon. Kiam mi eliros de ĉi tie, mi trovos Erielon kaj mi devigos lin diri al mi, kiel savi PJ-on kaj Ardenon. Mi devigos lin ĵuri, ke li neniam plu metos min en tian situacion.

Atendu momenton. Se PJ kaj Arden ne estis en superheroa danĝero. En kia danĝero ili estis? Ĉu ili eĉ bezonis savon? Aŭ ĉu Doc Flannel pravis, dirante, ke ili resaniĝos kaj baldaŭ reiros al siaj kutimaj memoj?

Li ne ŝatis la diron "lasu ilin al la sorto". Li kredis, ke ni mem kreas niajn sortojn, kaj liaj du amikoj estis en komatoj. Ili ne povis helpi sin mem, do li helpos ilin. Ne gravis, kion diris Eriel.

Fine, Onklo Sam elvenis, svingante grandan ilon en sia mano. "Ĝi estas vitrotranĉilo," li diris. "Mi sciis, ke ĝi iam utilos, kiam mi aĉetis ĝin en unu el tiuj televidaj reklamaĵoj. Ili diris, ke ĝi povas tranĉi vitron kiel buteron. Ni vidu, ĉu tio estis trompa reklamo." Li tranĉis ĉirkaŭ la fundo. Malrapide. Zorge.

"Hej, rapidu, mi sufokiĝas ĉi tie! Se la suno leviĝos, mi fritiĝos."

"Pacienco, kara knabo," karese diris Alfred.

"Preskaŭ prete," diris Sam. Li estis surgenue, antaŭenrampante, dum la tranĉilo fendis la fundon de la ujo. Dume la genuoj de liaj piĵamoj sorbis roson de la rosplena gazoneto. "Mi supozas, ke Eriel iel implikiĝis en tio, ke vi estas tie?"

"Jes."

Sam finis tranĉi, kaj liberigis sian nevon, poste helpis lin en lian rulseĝon.

"Dankon, Onklo Sam."

"Ne dankinde. Nun klarigu, bonvolu?"

"Mi estas tro laca. Kaj mi estas tro ĉagrenita por klarigi. Ĉu ni bonvolu fari tion matene?"

La suno sangis ruĝe dum ĝi leviĝis super la horizonto.

Post kelkaj horoj, E-Z devos kontroli siajn amikojn. Li esperis, ke ili fartos bone. Reen normalaj. Tiam li ne devos plu pensi pri tio. Se ne... se ili ne fartus bone. Nu, ĉiuokaze ĉio estus pli bona post kiam li iom dormos.

"Mi povas klarigi ĉion al li," proponis Alfred.

"Kion vi scias pri tio? Mi devis krii al vi, por altiri vian atenton."

"Ho, mi vidis la tuton. Kion vi pensas, ke mi faris ĉi tie? Mi atendis, ke vi petos helpon. Mi ne volis interrompi vian tempon kun Eriel."

"Interrompi. Tre amuze. Bone, informu lin. Mi nun iom dormetos. Mi estas tro laca por plu pensi." Li rulseĝe supreniris la ramplon kaj eniris la domon, kaj falis en la liton plene vestita.

E-Z sonĝis, ke estas lia sepa naskiĝtago. Liaj gepatroj estis luintaj la endoman virtualan ludparkon. Li estis invitinta dek du infanojn entute, do estis dek tri el ili kaj unu teamo devis havi kroman ludanton. Ĉar estis lia tago, oni nomis la teamojn kaj la lasta elektito aliĝis al lia teamo. Ili nomis sin la Pilk-rompantoj. La alia teamo, gvidata de Kyle Marshall, nomis sin la Bat-Shitz.

"Vi ne rajtas uzi tiun nomon," riproĉis la teamo de E-Z. "Ĝi estas preskaŭ sakra vorto."

"Aha, pripensu denove," diris Marshall. "La literumo estas Shitz. Ni estas nomitaj laŭ mia hundo. Ŝi estas Shitz-hu."

"Ni ludu," diris E-Z.

PJ kaj Arden estis en la teamo de E-Z. La tornado-trio venkis la teamon de la Bat Shitz ĝis ili ĉiuj estis tro lacaj por moviĝi.

"La manĝo estas servata," vokis la patrino de E-Z. La gepatroj atendis en la apuda restoracio. Ili mendis amason da picoj, sitelojn da senalkoholaĵoj, kaj finfine kukon plenan je kandeloj.

La infanoj kune forlasis la ludareon. Baldaŭ Arden rimarkis, ke li postlasis sian basbalĉapon.

"Mi ne povas foriri sen ĝi! Mi devas reiri!"

"Ni akompanos vin," diris E-Z. "Donu al mi momenton por diri al mia panjo."

"Mi sciigos ŝin," diris Kyle, kiu estis apude.

E-Z, PJ kaj Arden reiris laŭ la sama vojo. Kiam ili ne trovis la ĉapelon, ili daŭrigis la paŝadon.

"Ĝi devas esti ie ĉi tie!" diris Arden.

"Mi certe ne pensis, ke ĝi estas tiom for," diris E-Z.

"Tiuj vulturoj manĝos la tutan picon antaŭ ol ni revenos," diris PJ.

"Ne zorgu, S-ino Dickens konservos por ni iom da manĝaĵo. Ŝi scias, ke ni ne restos longe.

"La koridoro plivastiĝis en alian konstruaĵon, alian lokon. Antaŭ ili estis giganta giljotino. Supre, super la klingo, estis la ĉapelo de Arden. Sur la klingo mem estis ŝildo. Ĝi ankoraŭ gutis ruĝan farbon, aŭ sangon. Sur ĝi estis skribite: "La kapo iras ĉi tien."

"Ĉu ni sonĝas?" demandis Arden. "Ĉar, mi vere ne tiom bezonas mian basbalĉapelon."

"Aŭskultu. Voĉoj," diris E-Z.

Flustradoj, tre kviete, sed murmuroj. Unue, estis sola virino. Poste alia aliĝis, por dueto. Poste alia aliĝis por trio. La flustradoj fariĝis ĥanto.

"Mi ne povas distingi iujn ajn vortojn," diris PJ.

"Ŝŝ," diris E-Z, metante fingron sur la lipojn.

Dum la voĉoj kantis,

"B-link kaj vi mortas.

B-link kaj vi mortas.

B-link kaj vi mortas,

B-link kaj vi mortas,"

laŭ la melodio de "Feliĉan Naskiĝtagon al vi".

"Tio estas timiga!" diris PJ.

"Ni revenu," diris Arden, dum la pordo, tra kiu ili eniris, fortege sinfermis kaj paŝoj eĥis laŭ la koridoro.

La paŝoj laŭtiĝis.

KLANG.

KLANG.

KLANG.

Ĉenarmuro. Alproksimiĝante. Botoj. Unu soldato. Tre alta figuro, kapuĉita. Portanta ion arĝentan: tranĉilŝtalilon.

Kiam li atingis la piedon de la giljotino, la kapuĉita figuro eltiris plumon el sia poŝo. Li metis ĝin kontraŭ la klingon. Ĝi tranĉis ĝin kvazaŭ buteron. Tamen, li daŭrigis kaj plu akrigis ĝin. Dum li akrigis la klingon, li subvoĉe zumis, kvazaŭ li ĝuus sian laboron.

"Kvazaŭ la klingo de la giljotino ne estus sufiĉe akra!" flustris PJ. "Eligu min el ĉi tie!"

Arden kuris al la pordo kaj ekmartelis ĝin. "E-Z, vi devas eligi nin el ĉi tie! Vi devas helpi nin! Bonvolu helpi nin!"

ŜARĜIĜAS MESAĜO.

La vizaĝoj de PJ kaj Arden aperis sur la ekrano. Ili diris du vortojn:

"AVERTI ILIN."

E-Z vekiĝis, aŭdante Onklon Sam frapegi sian pugnobaton sur sian dormoĉambran pordon. "Leviĝu, E-Z, ni ne povas trovi Lian!"

Nun, kiam li vekiĝis, li konstatis, ke ŝi provis kontakti lin. Por informi lin. Li kontrolis sian poŝtelefonon. Mesaĝo kun ĝisdatigo.

"Estas bone," diris E-Z, "ŝi estas kun PJ. Diru al Samantha, ke ŝi fartas bone. Mi devas baldaŭ iri por vidi lin kaj Arden. Kie estas Alfred?"

"Li estas en la ĝardeno," diris Sam. "Ĉu vi volas matenmanĝon antaŭ ol vi foriros?"

"Sandviĉo kun fritita fromaĝo tre taŭgus. Dankon."

Dum E-Z vestiĝis, li pensis pri sia songo. La uloj parolis kun li, per komuna okazaĵo, kiun ili spertis kiam ili estis sepjaraj. Li devis eltrovi, pri kio temis ĉio. Averti ilin? Averti kiu-n precize? Tio estis klara indico, sed kiu-n precize ili volis, ke li avertu?

Jes, li estis tute certa, ke ili provis diri ion al li, sed kion precize? Li denove havis suspektan senton, ke ĉio rilatis al Eriel.

Unue, li iris al la domo de Arden, kaj la kompatinda knabo, kiel antaŭe, estis zombieca en sia lito. Kuracisto estis ĉe lia flanko, kiam E-Z kaj Alfred eniris.

"Kio estas la diagnozo?" demandis E-Z.

"Unue, forigu tiun birdon de ĉi tie!" ekkriis la kuracisto.

Alfred Hoo-hoo-is proteste, poste marŝetis for. Ekstere li maĉis iom da herbo kaj purigis siajn plumojn.

La kuracisto rigardis sinjoron kaj sinjorinon Lester, "Kiom multe vi volas, ke ĉi tiu knabo sciu?"

"Jen E-Z, li estas unu el la plej bonaj amikoj de Arden."

"Mi scias, kiu li estas, mi vidis lin en televido savi homojn."

E-Z ne sciis, kion diri, do li diris nenion, sed al li ne plaĉis la sinteno de ĉi tiu kuracisto.

"Arden estas en komato."

"Jes, mi tiel pensis. Ho, do kiam li eliros el ĝi? D-ro Flannel ĉe la hejmo de la familio Handle – kie PJ estas en la sama stato – diris, ke li baldaŭ resaniĝos."

"Tion mi ne scias. Lia korpo protektas lin kontraŭ io, do li vekiĝos, kiam li estos sufiĉe sana por fari tion. Dume, mi sugestus, ke iu estu kun li senĉese."

Poste al la Lester-oj, "Eble estus plej bone, se vi ambaŭ

klopodus dungi flegistinon. Mi povas rekomendi iun. Se vi povas labori hejme, tio estus plej bone. Mi rekontrolos vin post kelkaj tagoj."

"Post kelkaj tagoj," ripetis s-ro Lester.

S-ino Lester kondukis la kuraciston el la domo.E-Z sekvis. "Se mi povas helpi, ne hezitu peti, ke mi deĵoru ĉe lia flanko. Mi nun iras al PJ. Lia jam estas tie, kaj ŝi tekstis, ke li estas la sama."

"Informu nin kaj transdonu nian amon al la familio de PJ."

"Farite," diris E-Z, kiam li kaj Alfred reunuĝis. Ambaŭ leviĝis de la tero kaj flugis al la domo de PJ.

Flugante flank-al-flanke, Alfred diris, "Mi ne fidis tiun kuraciston. Kiam homo estas malica al bestoj... mi ne fidas ilin."

"Mi komprenas vin, sed li nur faris sian laboron."

"Ni cignoj ne kaŭzis iujn pestojn aŭ... ne gravas. Mi forgesis pri la birda gripo – sed tio okazis pro homoj."

Ili alteriĝis ĉe la domo de PJ, kie Lia atendis ilin kun la pordo malfermita.

"Kiel fartas vi du?" ŝi demandis.

"Bone," diris Alfred.

"Aĥ, li estas iom ofendita, ĉar la kuracisto de Arden elĵetis lin el la ĉambro, sed mi fartas bone, dankon. Kaj vi?"

"Mi fartas bone, sed la gepatroj de PJ freneziĝas kaj ne estas signo de resaniĝo."

"Ĉu ili vokis la kuraciston reen?" demandis Alfred.

"Ne. Li donis al ili esperon, sed nenion alian, ĉefe ke li eliros el tio. Sed mi timas, ke li malpravas." Ŝi paŭzis, iomete ruĝiĝante.

"Ho, ankoraŭ unu afero, kiam mi tenis lian manon." Ŝi rigardis ambaŭ severe. "Li, nu, mi ne certas, ĉu mi imagis tion, aŭ ĉu li vere faris tion – sed mi pensis, ke li premis ĝin."

"Ehm, dankon, ke vi restis kun li. Ni devus viciĝi kun liaj gepatroj, por ke neniu tro laciĝu. Vi povas nun hejmeniri kaj pasigi iom da tempo kun via panjo. Ŝi verŝajne scivolas pri vi." Neniukaze li menciis la man-tenadon.

"Mi foriros kiam vi foriros, do," diris Lia, dum ili iris al la ĉambro de PJ.

Alfred, Lia kaj E-Z nun estis solaj kun PJ.

"Mi havis strangan sonĝon hieraŭ nokte. PJ, Arden kaj mi estis ĉe mia sepa naskiĝtago – sed la aferoj ne okazis kiel tiam. Ili provis komuniki kun mi per okazaĵo, kiun ni komune spertis, sed mi ne certas, kion ili provis diri."

"Rakontu al ni la sonĝon," diris Alfred. "Kaj ne preterlasu ion ajn."

"Jes, rakontu al ni kaj ni vidos, ĉu ni povas helpi vin interpreti ĝin."

"Nu, ĝi komenciĝis normale. Ĉio okazis kiel kutime tiutage, ĝis Arden forgesis sian basbalĉapon kaj ni, ni tri, revenis por preni ĝin."

"Do, li ne perdis sian basbalĉapon ĉe la vera festo?"

"Ne, li ne perdis ĝin. Fakte, li estis tiel obsedita de tiu ĉapo, ke ni ofte ŝercis, ke ĝi estis gluita al lia kapo. Do, tio estis signifa parto de la sonĝo. Kaj jen ni estis promenantaj reen al la ludareo, kaj la koridoro ŝajnis multe pli longa ol ĝi estis, kiam ni foriris de ĝi. Ni promenis longe. Babilante kiel ni kutimis. Ni ne rimarkis tion unue, ni jam promenis sufiĉe longe. Arden konsideris lasi la ĉapelon kie ĝi estis, ĉar la reveno daŭris tiom longe, sed ni decidis preni ĝin. Li diris, ke la ĉapelo havis por li sentimentan valoron."

"Interese," diris Lia. "Ĉu vi scias, kial li tiom amis la ĉapelon?"

"Li ĉiam portis ĝin, ĉar li ŝatis la teamon. Mi neniam sciis, ke en la reala vivo ekzistis iu ajn senta ligo krom al la teamo mem. Kaj en la sonĝo, tiutempe, ne ĝis li diris tion. Do, tiam la koridoro pligrandiĝis kaj ni trovis nin en granda, aera ĉambro, kiel aŭditorio. En la centro de la ĉambro estis giganta giljotino."

"Kio! Kiel strange!" diris Alfred.

"Tio estas iom timiga," diris Lia.

"Estas pli. Supre, super la klingo, estis la ĉapelo de Arden kaj sub ĝi ŝildo, sur kiu estis skribite: Kapo iras ĉi tien."

Lia kaj Alfred ekĝemis.

"Arden diris, ke li ne plu tiom ŝatis la ĉapelon. Kaj tiam fariĝis mallume kaj ni aŭdis pezajn paŝojn venantajn al ni. Botoj. Klakado de katenoj aŭ kiraso. Poste la lumoj rebrulis, kiam viro eniris kun kapuĉo sur la kapo. Li iris al la giljotino kaj akrigis siajn tranĉilojn, unu post la alia."

"Kio poste?" Alfred demandis denove. "Poste Onklo Sam vekis min kaj demandis, ĉu mi scias, kie estas Lia."

"Tio ne multe helpas," diris Lia, "Ĉu li amis tiun ĉapelon? Kaj kiu devus esti avertita?"

"Kio poste?" Alfred denove demandis.

"Poste Onklo Sam vekis min kaj demandis, ĉu mi scias, kie estas Lia."

"Tio ne multe helpas," diris Lia, "Ĉu li tre amis tiun ĉapelon? Kaj kiu devus esti avertita?"

"La plej ŝatata teamo de Arden estis kaj estas la Bostonaj Ruĝaj Soksoj. La ĉapelo estis donaco al li - aŭtenta - li neniam postlasus ĝin, kio ajn okazu. Tamen, li konsideris lasi ĝin en la sonĝo almenaŭ dufoje."

"Sed li ne sufiĉe fervoris por enŝovi sian kapon en la gilotinon por preni ĝin," diris Alfred.

"Kiu ja fervorus!" demandis Lia.

"Mi dezirus, ke ni povus uzi la komputilon de Arden. Mi vetas, ke estas indico en ĝi. Mi vetas, ke li havas dosieron, ion kaŝitan, kion mi povus trovi. Eble pri tio temis la sonĝo. Kaj kial li donis al mi la indikon."

Lia serĉis en sia telefono la signifon de sonĝo kun giljotino. "Ĝi diras, ke ĝi reprezentas timon aŭ angoron. Esti elstarigita aŭ hontigita pro io."

"Mi pensas, ke mi havas ideon," diris E-Z, rulante sian liston de kontaktoj en sia telefono.

"Atendu momenton," diris Alfred, "telefonu al Sam."

"Vi pravas, eble mi devus unue demandi lin pri tio." Li rapid-telefonis al Sam kaj klarigis la situacion. Sam diris, ke li tuj venos al Arden, kaj ke ili renkontu lin tie.

"Ĉu ĉio bonas ĉi tie?" demandis la patrino de PJ. "Ĉu vi volas trinkaĵon aŭ ion ajn?"

"Ne, dankon, sed Onklo Sam iras al la hejmo de Arden kaj ni renkontos lin tie. Ni rigardos la komputilon de Arden, por ekscii, kion li faris laste. Bedaŭrinde la komputilo de PJ ne plu funkcias."

"Tio estas lerta ideo. Ni aŭdis, ke la gepatroj de Arden ankaŭ vokis kuraciston, ĉu li iel helpis?"

"Ne, li ne helpis. "

"Ni sciigos vin, se ni ekscios ion," diris Lia, dum ŝi palpis la frunton de PJ.

"Vi estas bona knabino," diris la patrino de PJ. Poste ŝi forlasis la ĉambron, subpremante larmojn.

Kiam ili alvenis al la domo de Arden, Sam atendis ilin ekstere. Li havis sian tekokomputilon, sakon plenan de komputilaj iloj, kaj kelkajn aliajn aĵetojn.

Kune ili eniris, kie Sam starigis sian propran komputilon, tekokomputilon, proksime, ŝtopis ĝin en la alian murkontakton de la ĉambro, kaj poste rigardis la instalaĵon de Arden. Ĝi estis rekte ŝtopita en la murkontakton, sen protekta plurkontakta ŝnuro kontraŭ neatenditaj tensiaj pikoj. Bonŝance li ĉiam kunportis unu en sia sako.

Fiksinte la sekuran plurkontaktan ŝnuron, li ŝtopis en ĝin la komputilon de Arden. Ili atendis – kaj nenio okazis. Tion prenante kiel bonan signon, li premis la ŝaltilon, kaj la komputilo de Arden ekvivis. Necesis pasvorto. Pasvorto, kiun neniu el ili sciis.

"Ĉu iuj divenoj?" demandis Sam.

E-Z tajpis Bostonaj Ruĝaj Soksoj. Li provis la meznomon de Arden, kiu estis Daniel. Senrezulte.

"Provu 'guillotine'," sugestis Alfred.

"Jen ĝi!" diris E-Z, nun li nur devis serĉi en la ret-historio.

"Lasu min," diris Sam, klakante en la agordojn, serĉante ion nekutiman. Estis nenio nekutima.

"Kion li laste faris? Ĉu li ludis ludon?" demandis E-Z.

Dum Sam klakis por eltrovi, la 'no surge surge bar' ekflamis. Onklo Sam kuris por estingi la fajron, kaj kiam li revenis, E-Z jam sufokis ĝin per litkovrilo. "Bone pensite," li diris.

"Mi esperas, ke la patrino de Arden ankaŭ tiel pensos!"

"Kaptu la durdiskon!" diris Sam, kion li faris antaŭ ol ĝi fritiĝis. "Nun ni kunportos ĉi tion, kaj ni vidos, kion ni povos vidi."

ĈAPITRO 7

DISKUTO

DUM ILI HEJMENIRIS, E-Z ankoraŭ pensis pri la mesaĝo "Averto al ili". Ĉu ĝi povus esti pli ol sonĝo?

"Mi scivolas," li diris.

"Pri kio?" demandis Sam.

E-Z klarigis pri sia sonĝo kaj la mesaĝo, poste aldonis sian novan ideon por vidi, kion ili pensas pri ĝi.

"PJ kaj Arden aranĝis ĉion en la retejo, por ke ni povu fari podkastojn estontece. Mi scivolas, ĉu mi devus uzi ĝin, post kiam ni eltrovos, kiun averti. Ni certe povus atingi multajn homojn."

"Tio estas brila ideo!" diris Sam, "Sed ĉu ni ne devus nun krei sekvantaron? Por ke tiam, kiam ni estos pretaj transdoni la averton, ni jam havos kelkajn abonantojn?"

"Kion mi dirus?"

"Ni pripensos tion," diris Lia. "Kaj ni estos tuj ĉe via flanko."

"Mi konsentas paroli iom."

Alveninte hejmen, ili eniris.

ĈAPITRO 8
BRANDY VIVAS

KIAM ŜI UNUE VIDIS lin, muziko estis ilia komuna afero. Ŝi ludis pianon, pli bone ol la averaĝo sed ne escepte bone. Ŝia muzikinstruisto diris, ke ŝi havas naturan talenton - kion ajn tio signifis. Sed ŝi povis ludi nur kantojn, kiuj signifis ion por ŝi. Tiam ŝi memoris ilin kaj povis ludi ilin tuj. Tamen, devigi ŝin ludi ion, kion ŝi ne ŝatis, igis ŝin malami la lecionojn.

Ŝi persistis. Ŝi devigis sin eĉ kiam ŝi malamis tion. Espere ke ŝi povos ŝajnigi sin taŭga por eniri la lernejan muzikbandon.

Ŝiaj gepatroj volis ion videblan por ĉiuj lecionoj, por kiuj ili pagis. Ili insistis, ke ŝi provludu por la bando – por pli partopreni en lernejaj agadoj.

"Tio bone aspektos en via universitata kandidatiĝo," diris ŝia patro.

"Donu vian plejbonon, jen ĉio, kion ni petas. Faru vian plejeblon!" diris ŝia patrino.

Tamen, la ĉi-jara mezlerneja provludo estis plenplena de talentaj infanoj. Talenta vira tamburisto jam estis sur la scenejo ludante, kiam ŝi eniris la aŭditorion.

Kun ŝvitantaj manplatoj kaj batanta koro, ŝi moviĝis laŭ la vico. Vico de lernantoj kaj instruistoj aplaŭdis kaj frapetis per la piedfingroj. Ŝi povis senti la plankon pulsi kun ĉiu takto.

Kiel roboto, ŝi daŭre marŝis laŭ la rando de la aŭditorio, ĝis ŝi estis kiel eble plej proksima al la scenejo.

Nun ŝi kaŝe eliris tra la pordo kaj iris malantaŭ la scenejon. Ŝi staris kun la aliaj baldaŭ-aperontaj prezentistoj kaj aplaŭdis, kvazaŭ ŝi ĉiam estus tie.

Ĝi estis brila plano. Ĉiuj estis tiel absorbitaj de lia aŭdicio, ke ili eĉ ne rimarkis, ke ŝi eniris la vicon.

"Kiu li estas?" ŝi flustris al la knabino antaŭ si en la vico.

"Ŝŝŝ!" respondis la aliaj atendantaj artistoj.

Li daŭre tamburis, vestita en ĝinzo, dum liaj blondaj haroj svingiĝis kaj saltetis. Poste li kliniĝis pli proksimen al la mikrofono kaj lia profunda melodia voĉo aliĝis al la ritmo.

Ŝi puŝis sin iom pli proksimen, kaj farante tion, ŝi rimarkis jukon, kiu ne estis tie antaŭe. Sur ŝiaj manplatoj, ŝiaj brakoj, ŝiaj kruroj. Ŝi gratis sin kaj trovis neniun mildigon. Fakte, la situacio plimalboniĝis kaj baldaŭ ŝajnis, ke ŝia haŭto brulas. Tiam ŝia spirado plimalboniĝis kaj ŝia korbato malrapidiĝis.

"Kvietiĝu," ŝi flustris, kaj laŭte kaj en sia kapo.

Tio estis la lasta afero, kiun ŝi memoris, antaŭ ol ŝi vekiĝis en moviĝanta veturilo.

ĈAPITRO 9

Pri Brandy

La veturilo rapidis laŭ la aŭtovojo. Ŝi estis en la malantaŭa seĝo. En kies aŭto ŝi estis? Ĝi ne estis veturilo, kiun ŝi rekonis.

Ŝi provis sidiĝi; ŝia kapo doloris – kvazaŭ trajno rapidus tra ĝi. Ŝi fermis la okulojn por momento kaj aŭskultis, provante eltrovi, kiel ŝi alvenis tien. La aŭto mem odoris strange, samtempe nove kaj malnove.

PFFT.

La ventumilo eligis odoron, kiu naŭzis ŝin, kaj ŝi vomis.

"Hej, gardu la internon," diris vira voĉo. "Ĝi estas ledo, la vera aĵo." Lia poŝtelefono sonis kaj li parolis en ĝin per mikrofono en la sunŝirmilo. "Jes, ni baldaŭ estos tie," li diris. Li malkonektis kaj poste laŭtigis la radion.

Ŝiaj manoj estis ligitaj, ne malantaŭ ŝi kiel ŝi vidis en filmoj, sed antaŭ ŝi, ĵus super la fiksita sekurzono. "Mi volas hejmeniri!"

"Baldaŭ," respondis la vira voĉo super la refreno de kanto de Drake.

Post vojaĝo, kiu laŭ ŝi daŭris ĉirkaŭ tridek minutojn, li enveturis benzinstacion. Li ŝlosis ŝin interne, poste frapfermis la pordon post si kaj lasis ŝin sola sen diri eĉ vorton.

Ŝi rigardis tra la fenestro, forte penante ne vomi denove. Ŝia kaptinto aŭ kidnapinto, kio ajn li estis, eniris. Ŝi esperis, ke li ne estas kidnapinto plananta postuli elaĉeton. Ŝiaj gepatroj ne havis monon por pagi ŝian revenon. Ŝi koncentriĝis pri la momento, rimarkante, ke la pordoj ne havis tenilojn kaj la butonoj por malfermi la fenestron ne funkciis.

Aliflanke de la aŭto, pumpante benzinon, ŝi vidis viron.

"HELPU!" ŝi kriis, donante ĉion el si. Sciante, ke tio eble estas ŝia sola ŝanco.

Kiam li ne respondis, ŝi frapegis siajn ligitajn manojn kontraŭ la fermitajn fenestrojn. Estis malfacile fari ian ajn sonon ĉi tie en tiu ĉi fiŝujo de aŭto. Ŝi rerigardis kaj ŝia forkaptinto revenis al la aŭto, portante kun si ladskatolon da trinkaĵo kaj du ĉokoladajn tabuletojn. Kiam li sidiĝis ĉe la stirilo, li ĵetis ĉokoladan tabuleton trans sian ŝultron al ŝi. Ŝi ne povis kapti ĝin, ŝi malamis tiun specon, krome ŝi ĵus vomis.

"Mi soifas," ŝi diris.

"Kion vi volas?" li demandis, poste eniris, kaj preskaŭ tuj eliris kun botelo da akvo.

Li malŝtopis la botelon kaj metis ĝin en ŝiajn manojn. Kvankam ŝiaj manoj estis ligitaj, ŝi sukcesis post kelkaj provoj enmeti iom da akvo en sian buŝon. La antaŭa parto de ŝia T-ĉemizo gutis akvon. Tio ne ĝenis ŝin; ĝi forlavis iom da la vomora odoro.

"Dankon," ŝi diris.

Momenton poste, ili denove estis sur la aŭtovojo. Li akcelis, eniris la rapidan lenon kaj ŝia sekurzono malfiksiĝis. Ŝi ruliĝis en la malantaŭo de la aŭto, kiel unu sola ĵetkubo ruliĝanta sen direkto.

"Ĉesu tion, frenezulo!" diris la viro, dum ŝi provis remeti la sekurzorgilon kun siaj manoj ligitaj.

La pneŭoj kriegis, dum la ŝoforo senprudente ŝanĝis lenon. Aliaj ŝoforoj akcelis, por eviti lin. Tiam li direktiĝis al la elveturvojo. Li fortege bremsis, haltis. Li eliris el la antaŭa sidloko, malfermis la malantaŭan pordon.

Ŝi estis preta, kun la piedoj direktitaj al li, kaj frapis lin per la tuta forto de unu granda du-pieda piedbatego. Li falis sur la teron kaj ŝi eliris el la aŭto, kurante sovaĝe, kiam aŭto frapis ŝin, poste alia, poste alia.

Li reeniris la aŭton kaj forrapidis.

"Stulta knabino!" li ekkriis.

ĈAPITRO 10

BRANDY REMEMORAS

"Denove okazis, ĉu ne?" demandis ŝia patrino, dum ŝi helpis Brandy eliri el la aĉetĉareto. "Kio okazis ĉi-foje?"

"Pardonu, Panjo," diris la adoleskantino, kliniĝante por ŝnuri sian ŝuon. Ŝiaj manoj sentis sin tiel bonaj, nun kiam ili ne plu estis ligitaj.

Ŝia patrino kliniĝis kaj flustris, "Ĉu estis same kiel la aliajn fojojn? Ĉu vi svenis?"

Ŝi leviĝis, ekrigardis al la pordo.

"Rakontu al mi," diris ŝia patrino, movante sian filinon antaŭ sin tiel, ke ili estu proksimaj kaj neniu alia povu aŭdi. Krome, neniu alia estis en ilia koridoro.

"Mi estis en la lernejo, ĉe la provludoj. Knabo solistis je la tamburoj kaj kantis. Li estis vere bonega."

"Kaj revema ankaŭ, ĉu ne?" demandis ŝia patrino.

Ŝi sentis siajn vangojn varmiĝi. "Mia koro ekbatis pli rapide, miaj manplatoj ŝvitiĝis kaj mi sentis min stranga. La sekvan momenton, mi jam estis ligita en la malantaŭo de moviĝanta veturilo!"

"Ligita? En aŭto? Kies aŭto? Kiu stiris? Kien vi veturis?"

"Mi ne rekonis la aŭton, nek la ŝoforon. Li parolis kun iu, uzante unu el tiuj senmanaj mikrofonoj. Li estis sufiĉe bona ŝoforo ĝis li eniris la aŭtovojon. Tiam li veturis kiel frenezulo kaj mi ŝajnigis, ke la sekurzono malfiksiĝis. Kiam li haltis ĉe la vojrando, mi piedbatis lin tiel forte, ke li falis, kaj mi ekkuris."

"Dank' al Dio, ke vi eskapis. Ĉu iu haltis por helpi vin? Mi esperas, ke vi ricevis ilian numeron, por ke mi povu telefoni kaj danki ilin."

Brandy ne parolis, ĉar ŝi rememoris la aŭtojn, unu, du, tri, kiam ili frapis ŝin, kaj ŝi mortis. Denove. Kaj finis en la nutraĵvendejo kun sia patrino, denove.

"Parolu al mi," diris la patrino de Brandy.

"Mi mortis – denove," diris Brandy, "kaj mi finis ĉi tie. Denove."

Ŝi sidiĝis sur la plankon, aŭ pli ĝuste ŝiaj genuoj malfortiĝis kaj ŝi falis sur siajn genuojn. Ŝia patrino sekvis ŝin, kiel domino.

Ili sidis kune, tenante la manojn sen paroli.

ĈAPITRO 11
BRANDY TIAM

"RAPIDU, BRANDY!" ESTIS TIO, kion ŝia patrino diris la lastan fojon. La lastan fojon, kiam ŝia sola filino mortis – kaj releviĝis.

Kiam plej multaj gepatroj devis iri al la nutraĵvendejo kun siaj infanoj post si – ili ne povis foriri de tie sufiĉe rapide.

Brandy ne estis unu el tiuj infanoj. Ŝi preferis butikojn al parkoj, sportojn – preskaŭ ĉiun ajn aktivecon. Kunpreni ŝin por butikumi estis la sola maniero eligi ŝin el la domo.

Ne estis tute la kulpo de Brandy. Ŝi naskiĝis kun rara kormalsano. Oni diris, ke ŝi kreskos el ĝi. Do, kuri kaj ludi kun la aliaj infanoj ne estis eblo por ŝi.

Sekve, ŝi ekamis la butikcentron, sed tio, kion ŝi amis plej el ĉio, estis la nutraĵvendejo. Kaj en la nutraĵaj koridoroj ĉiam estis sufiĉe trankvile. Escepte de unu fojo, kiam oni disdonis senpagajn DVD-ojn. Brandy tiom ekscitiĝis, ke ŝi ne povis spiri, kaj oni devis rapidi kun ŝi al la hospitalo.

    Ŝi tiam aĝis tri jarojn.

ĈAPITRO 12

BRANDY NUN

Nun, kiam ŝia filino estis dek-kvarjara, ŝajnis, ke tio okazas ĉiam malpli ofte. Tamen, ŝi scivolis, kio okazos, kiam ŝi estos tro granda por eniri la nutraĵ-ĉareton.

"Kial ĉi tie, laŭ vi?" demandis la patrino de Brandy, "Kial ĉiam nur vi kaj mi, kaj ĉi tie?"

"Mi ne scias, Panjo, sed mi ja scias unu aferon. Mi volas butikumi. Mi volas aĉeti manĝaĵojn kaj trinkaĵojn kaj, mi foriras. Restu ĉi tie se vi volas, mi revenos post momento. Jen, ludu Solitero-n per via poŝtelefono. Tio trankviligos viajn nervojn kaj butikumado trankviligos la miajn."

La virino sidis sur la planko, dum la ĉaretoj venis kaj foriris, koncentrante sian tutan atenton al la ludo de Solitario. Ŝia filino konis ŝin tiel bone. Tamen, pri kio ŝi penis ne zorgi, estis kiom – ne, kiom malmulte –

rakonti al sia edzo. Ŝi ne diris al li la lastan fojon, kiam ŝia filino mortis, nek la antaŭan fojon, nek la antaŭan antaŭ tio. Ŝi nur diris al li, ke ili iris butikumadi kaj ke tio estis streĉa.

"Mi pretas," diris Brandy, tiutempe kiam ŝi estis knabineto kun brakoj plenaj de cerealoj kaj pop-tartoj.

Ili tiam direktiĝis al la memserva kaslinio.

"Lasu min fari, Panjo!"

Tion Brandy ĉiam diradis. Ŝi amis rigardi la kasiston skani ĉiun objekton. Kaj Dio helpu ilin, se la skanado estis malĝusta.

Brandy kaj ŝia patrino, nun finintaj por la tago, revenis al la aŭto. Brandy sidis sur la antaŭa seĝo kaj alligis sian sekurzonaĵon. Ili ekveturis, haltante nur mallonge ĉe la vetur-trajno por preni du varmajn ĉokoladajn glaciaĵojn.

"Ni trovis kelkajn vere bonegajn rabataĵojn hodiaŭ," Brandy diris tiam, kaj ŝi diris tion denove nun.

"Mi scias, ke vi ja amas, sed mi tamen ŝatus aŭdi pli pri via, hm, hodiaŭa incidento. Ĉu vi memoras ion alian pri tio, kio okazis? Vi certe terure timis, estante tute sola en aŭto kun fremdulo? Kion mi ne komprenas estas, kiel tio okazas. Ĉu ĉi-foje estis malsame ol la aliaj fojoj? Vi diris, ke unu minuton vi estis ĉe la aŭdicio por la lerneja bando kaj la sekvan vi estis en aŭto?"

"Jes, mi atendis mian vicon por prezentiĝi, kun la aliaj studentoj. Ni ĉiuj aŭskultis knabon ĉe la tamburoj. Li estis nekredebla, kantante kaj ludante. Mi proksimiĝis al la komenco de la vico kiam,

ZAP!

mi malaperis."

"Ho, ne plaĉas al mi la sono de tiu

ZAP!"

"Tiel okazis, Panjo. Unue jukis miaj manoj, poste miaj kruroj, miaj brakoj."

"Vi ne rakontis al mi pri la juko antaŭe?"

"Tiaj aferoj okazas. Kutime, mi trankviligas min. Ĉi-foje nenio efikis kaj, nu, vi scias, la Z-vorto."

"Mi devas demandi, sed ĉu vi eble pensas, ke tio okazis ĉar vi volis eviti la aŭdicion? Mi celas, aŭdicii mem. Tio ne estas io, kion vi tre deziris fari."

Brandy tamburis per siaj fingroj sur la pordobrakon. "Mi ne enirus aŭton kun fremdulo por eviti aŭdicion," ŝi diris.

"Bone, kara," diris ŝia patrino, ploretiĝante. Ŝi diris la malĝustan aferon – denove. Ŝi ĉiam diris la malĝustajn aferojn kiam temis pri la... kion ŝi nomu tion? La vojaĝaj aventuroj de sia filino.

"Estas en ordo, Panjo."

Ili veturis en silento dum iom da tempo. Ĝi estis komforta silento.

"Mi volas scii, kiel helpi vin," diris la patrino de Brandy. "Por la venonta fojo..."

"Mi scias, ke vi volas, Panjo, sed vi ne ĉeestas, kiam ĝi okazas. Mi devas povi mem elturniĝi."

"Ĉu estas io specifa, kio ĉiam okazas – antaŭ ol vi malaperas?"

"Mi dezirus, ke mi povus memori, Panjo, sed same kiel pasintfoje, mi ne povas." Ŝi rigardis tra la fenestro, poste krucis la brakojn.

"Nu, kiam ni estos hejme, vi povas ekzerci, ekzerci, ekzerci. Tiam vi estos eĉ pli bone preparita por via aŭdicio morgaŭ."

"Ĝi estis unu-taga aŭdicio. Do, ne estas ŝanco por mi ĉi-jare. Krome, paĉjo ne ŝatas, kiam mi praktikas, precipe kiam li laboras hejme. Li diras, ke tio donas al li kapdoloron."

"Paĉjo ne celas tion tiel," ŝi diris. "Mi parolos kun li. Finfine, vi volas ludi pianon kiel profesion, ĉu ne? Mi celas, iun tagon, post kiam vi diplomiĝos. Kaj mi telefonos al via instruisto – petos escepton al la regulo."

"Mi ŝatus aŭdi, kiel tiu konversacio iris!" ŝi ridis. "Saluton, S-ro Hopper, mi estas la patrino de Brandy, kaj mia filino, nu, ŝi tempovojaĝis en rapidan aŭton kun fremdulo, poste, mortis. Do, ĉu ŝi bonvole povas aŭdicii por vi morgaŭ?"

"Tio estas kruela," diris ŝia patrino. "Ĉu vi ŝanĝis vian opinion, pri la deziro sekvi muzikan karieron? Certe, ili ja faras esceptojn por studentoj ĉiam?"

"Eble ili ja faras, sed min ne ĝenas, ke mi maltrafis ĝin. Ĉiam estas la venonta jaro. Krome, mi ŝatus esti aĉetantino, mi pensas, ke tial mi ĉiam revenas al la nutraĵvendejo, aŭ la vestaĵvendejo. Ĉu vi memoras tiun fojon?"

Ŝia patrino kapjesis.

"Unue aĉetanto, poste pianisto, poste instruisto," diris la adoleskantino, malfaldante la brakojn kaj mordante la ungojn.

Ŝia patrino ekrigardis ŝin. "Ne, karulino. Ungomordado estas tiel malhigiena." Brandy sidiĝis sur siaj manoj. "Ĉu laŭ tiu ordo?" diris ŝia patrino, ridante.

"Eble inverse," krietis Brandy, dum ili enveturis la enveturejon. "Papo ankoraŭ ne hejmas."

Ŝi uzis la aŭtomatan garaĝpordan malfermilon sen respondi al sia filino. Jes, ŝia edzo denove malfruis. Li hejmenvenis ĉiam pli malfrue ĉiunokte. Li diris, ke la laboro retenas lin, devigante lin labori kromhorojn sen pagi kromlaborpagon. Ŝi malamis, kiam li neniam venis hejmen por vidi Brandy-n antaŭ ol ŝi enlitiĝis. Almenaŭ ili havis pretan manĝeton. Ŝi preparus la vespermanĝon por li, kaj aranĝus ĉion por ŝi en ŝia ĉambro. Tiel ŝi kaj ŝia edzo povus vespermanĝi kune. Estus agrabla vespero, nur por ili du.

"Prenu la sakojn," ŝi diris.

"Bone, Panjo," respondis Brandy, dum ili eniris.

ĈAPITRO 13

Aŭstralia Malproksima Interio

LA KNABO EN LA **Aŭstralia Norda Terinterno** loĝis en skatolo. Li havis dek du jarojn, kiam oni trovis lin. Lia korpo estis misformita, ĉar li sidis kun arka dorso kaj levitaj genuoj — skatolforme. Eĉ kiam oni rompis ĝin kaj liberigis lin.

Li ne povis paroli, aŭ li ne volis paroli. Ĝis li denove ekfidis. Tiam li sin etendis kaj lia korpo malstreĉiĝis.

Li preferis kvietajn voĉojn, flustrantajn voĉojn. Laŭtaj aferoj, laŭtaj sonoj de ajna speco timigis lin. Li ektremis kaj kuntiriĝis. Li serĉis ĝin, kaj kriis: "Skatolo!"

Ili tenis ĝin tie, en la angulo. Ĝis la homoj en Sidnejo diris, ke li neniam pliboniĝos, krom se ĝi estos detruita.

Li helpis ilin fari tion, per martelo, preskaŭ tiel granda kiel li. Kiam ĝi estis frakasita en etajn pecetojn, liaj okuloj reenruliĝis en lia kapo kaj li malaperis. For. Ie en lia menso. Neatingebla.

Neniu sciis, kiu li estis. Aŭ al kiu li apartenis. Kiajn gepatrojn, kiuj enfermus sian infanon en skatolon, kiel beston?

Tamen, li ne estis malsatigita. Almenaŭ ne je manĝaĵo. Kaj li ne estis senakvigita.

Kio signifis, ke iu estis proksime. Ili atendis, parkgardistoj, oficiroj, ke ili revenu – sed ili ne revenis. Do, ili certe sciis, ke la skatolo en la skatolo estas for.

Teamo de psikologoj instalis kameraojn en la domo, por ke ili povu observi la knabon malproksime el Sidnejo.

Aliaj, el la tuta mondo, volis partopreni en la observado de la knabo. Iuj verkis disertaciojn pri infan-misuzo, pri neglekto. Ili batalis por supreniri en la liston.

La knabo balanciĝis tien kaj reen sen diri eĉ vorton. "Skatolo!" estis lia sola provo. Sed li sciis, kio okazis. Li aŭdis ilin flustri. Milionuloj, kiuj volis adopti lin. Li nenien iros. Li restos ĉi tie. Tio estis lia hejmo.

La knabo, kiu neniam antaŭe dormis en lito – aŭ se jes, li ne memoris tion – nun ne volis dormi en unu. Anstataŭe, li ruliĝis en pilkon kaj dormis en la angulo sur la planko. Li havis uzon por la kuseno kaj la litkovrilo, kiujn ili lasis por li. Tiuj luksaĵoj restis netuŝitaj.

Dum ili decidis, kion fari pri li, Fratino estis nomumita. En Aŭstralio, fratinoj estas ankaŭ nomataj flegistinoj. En iuj kazoj, fratino estas ankaŭ fratino (monahino). Ankaŭ, fratino kiu estas flegistino povas esti frato. Se la dirita fratino/flegistino estis vira.

La fratino/flegistino de la knabo estis afabla sinjorino, kiu ĉiam portis sian hararon kolektitan en harnodon. Ŝi portis blankan uniformon kun kongruaj ŝuoj, kiuj skrapadis ĉe ĉiu paŝo, kiun ŝi faris. La unuan fojon, kiam ŝi provis ĵeti litkovrilon sur lin, li kriis kvazaŭ lin atakintus kolera nubo.

"Nu, nu," diris la Fratino. Ŝi ektremis, poste levis la litkovrilon. Ŝi ĵetis ĝin ĉirkaŭ siajn ŝultrojn, kaj la knabo ekĝemis.

"Ĝi estas mola," ŝi diris.

Ŝi enŝtopiĝis en ĝin. Flaris ĝin.

"Ĝi estas tre mola kaj varma," ŝi koketis.

La knabo etendis la manon kaj tuŝis la randon de la litkovrilo. Li karesis ĝin, kvazaŭ ĝi ankoraŭ estus sur la ŝafino, de kiu ĝi devenis.

"Ĉu vi volas ĝin?" demandis la Fratino.

Li neis dum du tagoj, poste permesis al ŝi meti ĝin ĉirkaŭ siajn ŝultrojn. Post tio li dormis kun ĝi, kvazaŭ ĝi estus viva estaĵo. Ŝi lulis ĝin kiel bebon, flustrante al ĝi. Fine li trovis konsolon en ĝi kaj ne permesis al la Fratino preni ĝin aŭ lavi ĝin.

En la kvara mateno de la libereco de la knabo, bestoj komencis kolektiĝi ekstere sur la antaŭa gazono de la posedaĵo. Unue alvenis ino-kanguruo. Ŝi saltis ĝis la piedo de la veranda ŝtuparo, poste sidiĝis sur siaj malantaŭaj kruroj kaj observis la pordon.

Poste alvenis emuo kaj faris la samon. Tiam venis pikio, kokato kaj galaho. La birdoj laŭvice kantis, kaj iliaj voĉoj ŝajnis voki la knabon eksteren. Antaŭe li ne inklinis malfermi la pordon aŭ eliri. Tamen, kiam li vidis la bestojn kaj birdojn, li eliris senhezite por renkonti ilin.

La Fratino observis lin de malantaŭ la ekrana enpordo. Ŝi ne amis hundojn, katojn aŭ birdojn – fakte, ili timigis ŝin – sed ĉi tiuj sovaĝaj bestoj terurigis ŝin. Ŝi kuraĝus eliri, se necese. Ŝi esperis, ke ili baldaŭ sendos iun por helpi ŝin.

La knabo staris sur la verando kaj enspirigis la aeron. Li malfermis siajn brakojn larĝe, pli larĝe, poste li plenigis siajn pulmojn per la ekstera aero. Li enspirigis ĝin, avideme.

La Fratino, kiu deziris, ke li estu ŝia propra filo, rigardis lian bruston vastiĝi en lia malgranda korpo.

Tiam ĝi okazis.

La knabo komencis leviĝi, kvazaŭ li estus balono ekfluganta, nur ke li ne estis balono, kaj li ne estis sur ŝnuro – li estis knabeto.

La Fratino kuris eksteren. Ŝi amis lin – kaj li forflugis. Malantaŭ ŝi la kradpordo frakasis.

"ATENDU!" ŝi kriis, etendante siajn manojn al li per kaptemaj fingroj.

Dum la knabo glitis for. Liaj piedetoj leviĝante. Portante lin eksteren, pli for. Dum la tri birdoj portis lin, senĉese.

Ŝi kaptis, sed li jam estis tro for. Kaj tiel, ŝi rigardis, dum kengura patrino levis siajn okulojn.

Kaj la knabo falis malsupren, sur la ŝultrojn de la patrino. Ŝi sidis alte, kun liaj brakoj ĉirkaŭ la kolo de la kanguruo, kaj for ŝi saltis. Apud ili emuo samrapide marŝis.

La Fratino, ne sciante kion alian fari – kuris enen por preni siajn aŭtŝlosilojn. Ŝi startigis la motoron kaj sekvis la knabon, ĝis ŝi ne plu povis vidi lin.La knabo, kiu iam loĝis en skatolo, estis forprenita el la homa mondo. Li eniris la mondon, kie bestoj zorgas pri siaj propraj. Kaj tiu ĉi infano, estis unu el ili. Li estis familiano.

Kaj la knabo kantis kantojn, per la voĉoj, kiujn li konis el la profundo de si mem. Kaj li laŭte ridis kaj estis feliĉa, dum oni portis lin for, al la loko en lia koro. La loko, kie li estis tio, kio li ĉiam devis esti.

ĈAPITRO 14

SOLA KNABO

EN LA MALPERMESITA ARBARO de Japanio, infana krio eksonis. Birdoj kolektiĝis, aliĝante al la kanto, plifortigante la peton pri helpo de la sola knabo. Skops-strigo alvenis, forpelante la ceterajn birdojn. Ĝi sidiĝis proksime, gardante kaj atendante.

Aŭtomobila alarmo eksonis. Ĝia plorego superis la kriojn de la infano. Li estis en beba seĝo. Tia, kia kutime estas sur la malantaŭa seĝo de aŭto.

"Klik, klik," kaj la aŭtoalarmo silentis, sufiĉe longe por ke la ŝoforo aŭdu la malfortajn kriojn de la infano. Ŝi kaj ŝia edzo kuris en la arbaron, kie ili trovis la infanon, kiu estis timigita kaj tute sola. Kune ili konsolas lin.

Pluraj vaksvostoj restis, observante. Taksante la situacion. Ili rustlis siajn plumojn, kaj ĉirpetis. Kvazaŭ ili raportus la savon de la infano rekte.

La virino malfiksis la sekurzonon de la infano. Ŝi forte tenis lin kaj faris al li demandojn, kiujn li estis tro juna por respondi. Demandojn kiel, "Kie estas via Haha, Ko? Kie estas via Otosan?" (Tradukite: "Kie estas via patrino, infano? Kie estas via patro?")

Ŝia edzo serĉis la areon. Li vokis. Kiam neniu respondis, li serĉis signojn. Plenkreskaj piedsignoj. Neniuj estis trovitaj.

"Neniuj piedsignoj," li diris, skuante la kapon pro nekredemo. Por li la arbaro ne estis lia plej ŝatata loko. Li preferis urbojn kaj bruon. Li estis tiu, kiu akcidente aktivigis la aŭtomobilan alarmon. Li esperis, ke lia edzino volos foriri. Li promesis al ŝi tagmanĝon en ŝia plej ŝatata restoracio. Tiam ŝi aŭdis la infanon kaj kuris en la arbaron.

Li sekvis sian edzinon, por ŝia sekureco. En la urbo, ili evitis areojn, kie predantoj povus kaŝatendi. Allogante senzorgajn, fidemajn homojn – kiel lia edzino – en danĝeron.

La arbaro, ĉi tiu specifa arbaro, estis viva pro sonoj. Viva, pro lumo. Kaj la infano, ili ne povis lasi la infanon.

"Ni iru," li diris. "Ni portos lin al la hospitalo, por certigi, ke li fartas bone, kaj por ke ili povu kontroli ĉe la polico, al kiu li apartenas."

Ŝi tenis la infanon proksime al sia brusto, glitigante sian manon laŭ sia dorso, kiel patrino farus al sia propra infano. En ŝia menso, li estis ĝuste tio, ŝia infano. La infano, kiun ŝi neniam povis havi, vokis ŝin kaj ŝi venis en la malpermesitan arbaron kaj ŝi postulis lin.

"Li estas mia," ŝi diris, unue defie, poste pli milde, "Mi volas diri, nia. Nia bebo. La filo, kiun vi ĉiam deziris."

Ŝia edzo rigardis la knabon. Li bezonis ilin. Kaj li estis tro malgranda, tro juna por memori ion ajn antaŭan. Li jam fidis ilin. Neniu ekscios, li pensis. Kaj tamen, ĉu estis prave, preni ĉi tiun infanon kiel sian propran?

"Neniu ekscios," diris lia edzino, kvazaŭ ŝi legus liajn pensojn.

Tio okazis ofte, post dek du jaroj kune. Ili pensis similajn aferojn. Parolis samtempe. Finis unu la frazojn de la alia.

Ili estis amema kaj stabila paro. Kune ili havis tiom multe por doni al infano. Tamen, la sorto ne donis al ili propran infanon.

Ŝi transdonis la infanon al sia edzo kaj atendis.

La birdoj supre povis vidi, kiel ŝiaj brakoj tremis. Ili laŭte kantis, kuraĝigante ŝin preni la infanon. Helpante lin decidi, ke la infano nun estas ilia.

Ŝi jam adoptis lin en sia koro kaj en sia animo. Ankaŭ ŝia edzo, sed lin disŝiris la egoismo. Li volis fari la ĝustan aferon, ne la egoisman.

"Ĉu vi ŝatus veni kaj loĝi kun ni?" li demandis la infanon.

Kvankam li ne respondis, la tri revenis al la parkejo. Ili metis la knabon en la mezon de la malantaŭa sidloko, for de la aersakoj.

La birdoj kaj la strigo kapjesis, poste forflugis en la arbaron.

ĈAPITRO 15

VIRINO

Maljunulino balanciĝas en sia seĝo, tien kaj reen, tien, kaj reen. Ŝiaj memoroj estas pasemaj, kiel nuboj. Ofte neatingeblaj.

Konfuzo eniras. Baldaŭ, ĝi anstataŭigos ĉion en ŝia menso per nenio.

Demenco ne elektas siajn viktimojn laŭ la deziroj aŭ bezonoj de la malsanulo. Ĝia celo - konfuzi. Alienigi. Forviŝi.

Ŝi alfrontis ĝin, ĝis iun tagon, kiam ĉio tute renversiĝis.

Tiel ŝi nomis ĝin nun, tute renversiĝinta. Aŭ mallonge T/T. La alia afero estis malbona, plimalboniĝanta. Sed tute renversiĝinta signifis, ke ŝi ne estas freneza, kaj krome, ke ŝi ne estas sola – ne plu.

En sia menso, ŝi vidis ĉion. Foje tio okazis malrapide, kvazaŭ ŝi premus butonon sur la teleregilo. Foje scenoj ludiĝis ree kaj ree, malantaŭen, antaŭen, en buklo. Alifoje ŝi estis meze de okazaĵo, observante persone kiel raportisto.

Kiam tio unue okazis, ŝi timis esti vundita aŭ mortigita. Ŝi atestis kelkajn har-krispigajn aferojn. Sed kiam ŝi konstatis, ke la homoj ĉirkaŭ ŝi ne povis vidi aŭ aŭdi ŝin, tiam ŝi povis malstreĉiĝi. Krom la arĥanĝeloj, ili sciis, ke ŝi estas tie, sed ili ne lasis ŝian ĉeeston konatiĝi al aliaj.

Kiel tiun fojon, kiam ŝia menso flugis al Nederlando. Ŝi lokiĝis, observante la knabinon. Ŝi ekkriis, kiam la infano perdis sian vidpovon. Ŝi sentis sin senhelpa, ĉar ŝi povis fari nenion krom observi. Ankaŭ tio, ŝanĝiĝis, kun la tempo.

Tiam Lia kaj E-Z amikiĝis, kaj la cigno Alfred aliĝis al la grupo. Ŝi rigardis ilin, aŭskultis. Ŝi sentis sin kiel nevida, neaŭdata membro de ilia teamo. Ŝi rigardis ilin labori kune kaj fariĝi firmaj amikoj.

Tiam subite, ŝi parolis al Lia en ŝia menso, kaj la knabineto respondis. Tute nova mondo malfermiĝis por Rosalie.

Komence ilia konversacio estis iom limigita. Kvankam estis granda aĝdiferenco, la du havis kelkajn komunajn aferojn. Kiel ilian amon al baleto.

Ĉar la arĥanĝeloj ŝanĝis la regulojn, Rozalio eĉ pli atentis la Tri. Tamen, tiuj interŝanĝoj ne sufiĉis por defii ŝian menson, por teni ŝian menson okupita.

Tiam Rozalio malkovris La Aliajn. Infanojn, kun unikaj kapabloj en aliaj partoj de la mondo – kaj ŝi povis paroli kun ili.

Unue estis Brandy, adoleskantino kiu loĝis en Usono. Poste venis komunikado de Lachie, ankaŭ konata kiel La Knabo en la Skatolo. Trie sed ne laste, estis Haruto, kiu loĝis en Japanio. Haruto estis la plej juna el ĉiuj. Ĉiuj tri infanoj havis kapablojn. Kaj ŝi estis la sola ligilo.

Por nun, Lia tenis ŝin konektita al Alfred kaj E-Z, sed baldaŭ ŝi devos rakonti al ili ĉion pri la aliaj.

Rozaĥe ektremis, kiam la flegistoj alvenis kun ŝia manĝaĵo. Ruĝa geleo. Ŝia plej ŝatata. Ŝi manĝis la unuan, surverŝinte iom da kremo sur ĝin. Kremo, kiu devintus eniri ŝian kafon.

En sia menso ŝi dankis la knabinon, kiu alportis la manĝaĵon, ĉar Rozaĥe ne povis paroli. Ŝi ne kapablis paroli. Ŝia sola maniero komuniki estis per la menso...Voki La Tri por viziti ŝin ĉe la Hejmo por Maljunuloj ne ŝajnis la ĝusta afero. Nuntempe, ŝi lasus, ke Lia tenu ŝin kiel sekreton, kaj ŝi notus pri Brandy, Lachie kaj Haruto kaj metus ilin en libron.

Ŝi devos kaŝi ĝin, de la arĥanĝeloj. Ŝi konservos sekretan dosieron. Ŝi ne intencis perdi la spuron de ĉi tiuj infanoj, kio ajn okazu.

"Ho!" ŝi ekkriis, etendante la manon en la supran tirkeston de la nokttablo apud sia lito. Ŝi rememoris donacon. Kajnon. Sur la fronto estis skribite: "Feliĉan Naskiĝtagon!"

Ŝi skribaĉis sur la unuajn kelkajn paĝojn, ne formante iujn realajn vortojn, kaj tiam, kiam ŝi atingis la dektrian paĝon. La dektria ĉiam estis bonŝanca nombro por ŝi, kaj ŝi komencis skribi pri Brandy, Haruto kaj Lachie. Estis tiom multe por skribi. Kiam ŝia mano doloris, ŝi haltis, movis ĝin iom por malstreĉi ĝin, kaj poste tuj reekskribis.

Rosalie scivolis, ĉu estis aliaj infanoj krom tiuj tri novaj. Se ŝi atendus iom, eble ankaŭ ili parolus al ŝi. Estus pli bone riveli sian sekreton, kiam ĉiuj infanoj sin malkaŝos.

Rosalie zorgis ne skribi "Sekreto" aŭ "Privata" sur la eksteron de la libro. Kaj ŝi ĝojis, ke ĝi ne venis kun ŝlosilo. Tiuj tri aferoj igus iun ajn, kiu vidus la notlibron, voli legi ĝin. Ili scivolemus, kiel kato. Estis multaj homoj de ŝia aĝo, kiuj estis scivolemaj. Sed ili ne volus legi post kiam ili vidus la unuajn dek tri malordajn paĝojn.

Ŝi foliumis ĝis la fino de la libro. Rosalie plenigis la finajn dek tri paĝojn per eĉ pli malorda manskribo. Poste ŝi remetis la libron kaj la skribilojn en la tirkeston kaj fermis ĝin.

Ŝi ridetis, apogis sin al la kuseno, kaj ripozigis sian brakon, pensante pri la vespermanĝo. Precipe pri la deserto.

ĈAPITRO 16

KIE VI STAROS?

Estas unu mondo, en kiu ni vivas, mondo plena je kaj bonaj kaj malbonaj homoj. Mondo regata de homoj, kiuj estas mankhavaj kaj neperfektaj. Homoj, kiuj ne estas robotoj... Ne programitaj por esti bonaj aŭ malbonaj.

Ni lernas dum nia vivo, el tio, kion ni vidas, kion ni rimarkas, kion oni instruas al ni kaj tio, kio ni fariĝas.

Ni lernas el la fundamentoj, kiuj estis starigitaj por ni. Dum ni kreskas kaj vastigas niajn horizontojn, elektoj devas esti faritaj.

Dependas de ni apliki la lernitan scion. Elekti inter malpravo kaj pravo.

Tra la aĝoj, grandaj homoj estis trompitaj. Grandaj kaj potencaj homoj. Eĉ plenkreskuloj.

Foje decido estas facila. Sen grizaj areoj. Foje ekzistas fortoj ekster nia regado, kiuj gvidas nin.

Aliaj puŝas nin sekvi ilian etikan kodon. Foje estas neatenditaj elementoj.

Supozu, ke ni estas sur vojo, kaj iu starigas vojbaron. Ni povas forigi ĝin aŭ halti kaj atendi, ke la persono forigu ĝin. Ni povas elekti.

La vivo temas pri elektoj. La elektoj, kiujn ni faras, povas prepari nian vivvojon. Ni sekvas tiun vojon, kun la brikoj metitaj de niaj bonaj decidoj.

Aŭ ni povas lasi nin konduki eksteren. Trompiĝi. Trompiĝi por agi kontraŭ tio, kion ni scias esti vera.

Kiam tio okazas, ĉio povas kolapsi – kiel dominecoj.

Kaj estos konsekvencoj pro niaj agoj – aŭ neagoj. Ne nur por ni mem. Kion ni faras, tio influas aliajn.

Kaj fine, post kiam ni mortas, ni ĉiuj estas kaptitaj kaj tenataj en la brakoj de niaj Animkaptistoj.

La Furioj – tri malbonaj diinoj – transprenas la kontrolon de la animkaptistoj.

Animkaptistoj estas kaperataj.

Animoj flugas ĉirkaŭe sen hejmo.

Senhejmaj Animoj.

Kaoso estas ĉe la horizonto.

Kie vi staros?

ĈAPITRO 17

ROSALIE EN LA BLANKA ĈAMBRO

Rosalie malfermis la okulojn. Estis manĝtempo kaj ŝi petis matenmanĝan pletojn. Ŝia ĉambro estis survoje al la manĝejo. Kiam oni alportis la manĝaĵon tien, ŝi flarius lardon. Tio salivigus ŝin. Kaj la kafo. Ŝi atendis sian vicon. Ŝi havis neniun elekton krom atendi sian vicon.

Ŝi sciis, ke oni preferis manĝigi la loĝantojn en la manĝejo. Ŝi komprenis la bezonon sekvi horaron. Tamen, ŝi sciis, ke ili finfine venos al ŝi. Ili ĉiam faris tion en la ripozejo, en kiu ŝi loĝis.

Ŝi rigardis kardinalon en arbo ekster sia fenestro kaj pripensis leviĝi el la lito por pli proksime rigardi. Sed kiam ŝi forĵetis la litkovrilojn kaj paŝis sur la tapiŝon, ŝi sentis sin stranga. Nebla.

Kaj ŝi trafis la Blankegan Ĉambron.

Nenio ŝanĝiĝis de kiam E-Z estis tie. Kaj ne daŭris longe por ke Rozalio ekstaru kaj komencu esplori.

Dum ŝi glitis siajn fingrojn laŭ la librobretoj, ŝi havis senton de *déjà vu*. Ĉu ŝi jam estis en ĉi tiu ĉambro?

Ŝi moviĝis al la centro de la ĉambro, kaj ĉirkaŭturniĝis. La librobretoj daŭris senfine. Kiom ajn la okulo povis vidi. Ilia alto kapturnigis ŝin, kaj ŝi sopiris sidiĝi kaj spiri.

BINGO.

Komforta seĝo aperis, kaj ŝi falis en ĝin. Ŝi apogis sin, sed rimarkinte, ke ĝi havas radojn kaj povas turniĝi, ŝi turnis ĝin. Kaj turnis ĝin. Poste ŝi fermis la okulojn kaj ripozis. Ŝi ĝojis, ke ŝi ankoraŭ ne matenmanĝis, ĉar ŝia stomako iom naŭzis, kiam io supre de ŝi moviĝis.

Aŭ ĉu ŝi imagis tion?

"Hej, vi!" ŝi kriis, montrante al nenio kaj neniu. "Mi vidis vin moviĝi, vi, vi, vi, kio ajn vi estas, elvenu, elvenu," ŝi persvadis.

Konkludinte, ke ŝi imagis tion, ŝi reiris esplori sian ĉirkaŭaĵon. Kaj ŝi demandis sin, kiel ŝi venis al tiu loko.

"Ĉu mi revenis en mian ĉambron, imagante min en ĉi tiu loko?" Ŝi uzis siajn ungojn por fosi en la brakojn de la seĝo. Ŝi rigardis, kiel ili skrapis markojn en la ledan surfacon. La markoj estis malpezaj skrapaĵoj, sufiĉe malpezaj por esti forigitaj per iom da froto. Finfine, ŝi estis gasto, kaj gastoj ĉiam devus zorgi pri la loko, kiun ili vizitas. Alie, oni ne plu invitos ilin.

Super ŝi, io denove moviĝis. Ĉi-foje ĝin akompanis la sono de flugiloj batantaj. Ĉu birdo estis kaptita tie supre, nekapabla eliri?

"Mi venas, etulo," ŝi diris, stariĝante kaj paŝante al la ŝtuparo.

La ligna strukturo, kvazaŭ ĝi povus legi ŝian menson, ruliĝis trans la plankon kaj haltis ĉe ŝiaj piedoj.

"Salton!" ĝi diris.

Rosalie tion faris, kaj nur kiam ĝi moviĝis, ŝi rimarkis, ke la aĵo parolis al ŝi.

"Nu, dankon," ŝi diris, kiam ĝi haltis.

"Ne dankinde," diris la ŝtuparo. "Ĉu vi serĉas iun apartan libron?"

Rosalie ekridegis. "Mi pensis, ke mi aŭdis birdon. Ŝŝŝ."

La ŝtuparo ridis. "Ne estas birdoj ĉi tie, Sinjorino. La sono, kiun vi aŭdas, venas de la libroj."

"Libroj kun flugiloj?"

"Jes," respondis la ŝtuparo. Poste, "Ho, vi! Venu ĉi tien!"

Rosalie rigardis, dum dika nigra libro puŝis sin al la rando de la breto. Tiam flugiloj ekkreskis el ĝia antaŭa kaj malantaŭa flanko. Ĝi flugis malsupren kaj surteriĝis en la manojn de Rosalie.

"Ho ve!" ŝi diris, rigardante la librodorson. "Mi kredas, ke mi jam legis ĉi tiun."

DWOING.

La libro elŝiriĝis el ŝiaj manoj kaj reiris al sia origina loko sur la breto.

"Pardonu," diris Rosalie. Poste al la ŝtuparo, "Mi esperas, ke mi ne ofendis sinjoron Dickens."

"Se vi nun finis kun mi," diris la ŝtuparo, "ĉu mi rajtas sugesti, ke vi malsupreniru?"

"Mi bedaŭras, ke mi malŝparis vian tempon," ŝi diris.

"Vi ne faris. Mi ĝojas servi."

Rosalie malsuprenpaŝis kaj la ŝtuparo rapidis al la alia flanko de la ĉambro.

Rosalie palpis sian frunton; ne, ŝi ne havis febron. Ŝia sangosukera nivelo certe tro malaltiĝis. Kaj nun ŝi ne manĝos, ne dum horoj. Kaj tiu ŝtelistino Agnes Lindsay ŝtelos ŝian matenmanĝon. Ŝi kaŝeniros en ŝian ĉambron kaj formanĝos ĝian tutan restaĵon. Kiam la flegistoj revenos por preni la plekton, ili pensos, ke Rosalie ĝin manĝis. Rosalie kaj Agnes estis ĵuritaj malamikoj.

Por forpreni sian menson de sia bruanta stomako, Rozalio koncentriĝis pri libroj. Unu libro aparte. Libro, kiun ŝi amis legi ree kaj ree, kiam ŝi estis knabineto. Ĝi nomiĝis Anna de la Verdaj Tegmentojde, de... Ŝi ne povis rememori la nomon de la aŭtoro.

"Lucy Maud Montgomery," diris la ŝtuparo, dum ĝi rapidis al ŝia flanko. "Salte supren," ĝi diris.

"Aĥ, dankon pro la oferto, sed mi estas tro malsata, kaj eble tro kapturna por grimpi sur vin."

"Sidiĝu," diris la ŝtuparo, "Tie." Tiam la ŝtuparo fajfis kaj alte sur la bretoj libro moviĝis antaŭen. Ĝi ekkreskigis flugilojn sur sia antaŭa kaj malantaŭa flanko, kaj flugis en la manojn de Rozalio. Ŝi ĉirkaŭprenis ĝin al sia brusto.

"Dankon," ŝi diris. Ĉu tio estos ĉio?" demandis la ŝtuparo.

"Jes, krom se vi havas kroman paron da legokulvitroj kaŝitan ie en ĉi tiu ĉambro."

TRAFITE.

Ŝiaj kulvitroj aperis kaj sidiĝis perfekte rekte sur ŝia nazo.

La ŝtuparo revenis al sia antaŭa pozicio.

La maleoloj de Rosalie doloris.

BINGO.

A staris sub ŝiaj piedoj.

Ŝi malfermis la libron. En ĝi estis skizo de la libronomulino Anne Shirley. Ŝi glitis sian fingron laŭ la konturoj de la ruĝaj haroj de la malgranda orfigita knabino.

Anne palpebrumis al Rosalie. Kiu palpebrumis, poste ridetis reciproke. Ŝi jam antaŭe aŭdis pri interagaj libroj, sed ĉi tiu superis ĉiujn!

Per tremantaj manoj, ŝi malfaldis la mapon de Kanado. Ŝiaj okuloj sekvis la sagojn, kiuj kondukis al la Insulo de Princo Eduardo. En sia menso ŝi marŝis la distancon – alvenante al Verdaj Tegmentoj. Ekster la domo staris la Cuthbertoj. Atendante Anne.

Ŝi turnis la paĝon kaj eklegis. Ridante pri ĉiu embaraso, en kiun Anne enŝoviĝis.

Tiam la stomako de Rosalie bruegis, kaj ŝi deziris ion tre ne-matenmanĝan. Ĵelean salaton. Ion, kion ŝia patrino kutimis fari por ŝi okaze de specialaj okazoj, kiam ŝi estis knabineto. Ŝia plej ŝatata parto estis la ŝaŭmkremo supre.

BINGO.

Jen antaŭ ŝi estis ĵele-salato, ĉielarko el tavoloj kun kulero da ŝaŭmkremo supre. Ŝi pensis pri kulero kaj BINGO.

Unu aperis. Sed tiam ŝi rememoris, kiel ŝia patrino kaj patro riproĉus ŝin, se ŝi manĝus sian deserton unue. Ŝi pensis pri terpomkaĉo. Vape varmega, kun butero fandanta supre. Ho, kaj viandkuko kun keĉupo. Kaj pizoj freŝe rikoltitaj el la ĝardeno.

BINGO.

Antaŭ ŝi estis grandega bovlo da terpomkaĉo. Butero degelis laŭ la flankoj. Ĝi estis artaĵo. Ĝi aspektis preskaŭ tro bona por manĝi.

Apud ĝi estis kvadrato da viandobulo kun kulero da keĉupo sur la supro.

Kaj en aparta bovlo, pizoj. Kun branĉeto da mento sur la supro.

Ŝi ridetis. Kiel knabino, ŝi ne ŝatis, ke ŝiaj manĝaĵoj tuŝu unu la alian. En ĉi tiu ĉambro, la kuiristo sciis, kion ŝi ŝatis.

Sed la kuiristo forgesis doni al ŝi manĝilojn. Ŝi imagis tranĉilon kaj forkon.

BINGO.

Tiuj ankaŭ alvenis. Ŝi manĝis avideme, zorgante ne damaĝi Anna de la Verdaj Tegmentoj. La libro, sentante bezonon de protekto, flugis supren kaj flosis en la aero, kie Rozalio povis facile atingi ĝin.

Rosalie manĝis ĉion, inkluzive de la ĵeleo-salato, kiu skuis sur la kulero.

Kiam ŝi finis

BINGO.

la teleroj, manĝiloj, ktp., malaperis.

Post kelkaj momentoj da dankemo pro la manĝaĵo, kiun ŝi ricevis, ŝi suprenrigardis al la libro.

Ĝi flugis al ŝi, kaj ŝi rekomencis legi.

Legante kaj atendante.

Kion, aŭ kiun ŝi atendis – ŝi ne sciis.

ĈAPITRO 18

CHARLES DICKENS

En la urbo Londono, Anglio, metala ujo falis el la ĉielo.

La ujo mem ne estis longa, nek siloforma. Fakte, la plej proksima objekto al kiu ĝi similis estis kapsulo. La diferenco estis, ke ĉi tiu objekto estis kvadrata kaj havis neniujn fenestrojn. Anstataŭ fenestroj, ĝi estis spegulita sur ĉiuj flankoj. Krome, estante plata kiam ĝi trafis la akvon, ĝi glitis trans ĝin kun grandega forto. Ĝi surteriĝis sur la bordon de la Rivero Tamizo.

Ĉion tion observis du detektistoj, kies nomoj estis John kaj Paul. Ambaŭ viroj estis en siaj tridekaj jaroj. Ili vivtenis sin per la profitoj de detektado. Tial, ili estis konsiderataj Profesiaj Detektistoj.

La laborhoroj de la Detektistoj variis. Ili estis memdungitaj kaj respondecaj pri la prizorgado kaj administrado de siaj iloj.

Detektisto bezonis multajn ilojn. Li ne volis esti eksterdome dum fosado nepreparita. Plej multaj ĉie kunportis ilarkeston. En ĝi estis esencaj aĵoj. Por nomi nur kelkajn: aŭdiloj, pluvkovriloj, zonoj, fosiloj, paletoj, ilzono, laborkazo (kun poŝoj), akvorezista saketo, dorsosako, rubosako.

La plej multaj fosadoj de John kaj Paul okazis en Londono, ĉe la Tamizo. Kiel postulas la leĝo, ili havis Permesojn de la Tipo 'Standard' kaj 'Mudlark'. Tiujn koncedis la Aŭtoritato de la Londona Haveno.

La permesilo permesis al ili fosi ĝis profundo de 7,5 cm, se necese (la ŝtuparo estis necesa, ĉu oni intencis fosi aŭ ne).

Pri la kazo de la kvadrata objekto – kiu estis trovita antaŭ ili – oni devis iom pripensi ĝin, antaŭ ol ili ĝin prenis kaj postulis ĝin.

"Ĉu vi volas rigardi pli proksime?" demandis Paŭlo.

Johano, kiu ne multe parolis, kapjesis.

Ili pene antaŭenpaŝis, kun iloj enmane. Iliaj gummobotoj plonĝis kaj ŝlimiĝis, forpuŝante koton kaj akvon ĉe ĉiu paŝo. La riverbordo ofte estis tre malpura post pluraj tagoj da senĉesa pluvo.

"Postulo!" diris Paŭlo.

"Tute ĝuste," diris Johano.

Kvankam ili ambaŭ vidis ĝin samtempe, li sciis, ke tio ankaŭ estis postulo por li. Ili estis partneroj, ĉiam estis tiaj kaj nenio iam ajn ŝanĝus tion.

Ambaŭ plu pene paŝis ĝis ili atingis ĝin. Ĝi estis kvazaŭ kvadrata spegula globo kaj kiam ili provis ekzameni ĝin, ĉio, kion ili vidis, estis iliaj propraj reflektoj en ĝi.

"Mi bezonas hartranĉon," diris Johano.

Paŭlo mokridis, tuŝante ĝian flankon per la piedpinto de sia boto. "Devas esti maniero malfermi ĝin," li diris.

"Ĝi estas tro granda por ke ni rulu ĝin," diris Johano, dum li elprenis mezurŝnuron el sia poŝo kaj mezuris la alton de unu flanko. Li montris la rezulton al Paŭlo, kiu legis: 60 centimetroj.

Ili ĉirkaŭiris la objekton. Haltante por frapeti, frapeti de tempo al tempo. Zorge ne metante malpurajn fingrospurojn sur la spegulan objekton. Sed esperante, ke ili tuŝos sekretan butonon kaj ĝi malfermiĝos.

Kaj aŭskultis. Por certigi, ke ĝi ne tikas.

"Eble ni devus porti ĝin al la muzeo aŭ raporti nian malkovron?" sugestis Paŭlo. "Ili sendus kamionon, aŭ kranon por preni kaj transporti ĝin. Post kiam la bombotaĉmento rigardos ĝin."

Johano skuis la kapon.

"Se ili sendos la bombonbrigadon, ili eksplodigos ĝin. Frakasita vitro estos ĉie, kaj nia aserto estos senutila."

"Vera, vera," diris Paŭlo. "Tiuj uloj amas eksplodigi aĵojn. Nu, tio estas avantaĝo, ĉu ne?"

"Mi supozas. Kion ni faru nun? Ĝi ne tikas. Tio estas certa."

"Jes. Ne necesas la teamo," diris Paŭlo. Li ĉirkaŭiris la objekton, kun la manoj malantaŭ la dorso. Tio estis lia pripensema paŝado. Johano sekvis lin, sampaŝante, kun la manoj malantaŭ la dorso. Paŭlo diris, "Ni devas eltrovi, kio ĝi estas kaj kiom aĝa ĝi estas. Ni devas postuli nur certajn aferojn laŭ la Leĝo pri Trezoroj de 1996. Ĝi ne aspektas kiel oro aŭ arĝento kaj ĝi certe ne aspektas pli ol tricentjara. Ĉi tiu trovaĵo eble estas nia kaj nur nia, t.e., ni eble ne bezonos raporti ĝin al nia loka FLO (Oficiro pri Trovaĵoj)."

"Certe ne oro aŭ arĝento," diris Johano, frapetante la metalajn objekton kaj aŭskultante. Ĝi sonis kava. Li frapetis ĝin en kelkaj lokoj kaj aŭskultis.

Super ili aperis du lumoj.

Unu estis verda kaj unu flava.

Ili alteriĝis sur la supro de la objekto.

"For!" diris Paŭlo.

"Ĉu ni freneziĝas?" demandis Johano, skrapante sian kapon.

"Mi ne pensas," respondis Paŭlo.

La lumoj leviĝis kaj flosis ĉirkaŭe. Ambaŭ falis al la piedo de la ujo. Kiam ili ekloĝis, la lumoj levis ĝin, kaj tenis ĝin en loko. Sekundojn poste ĝi komencis turniĝi, unue malrapide, poste pli rapide. Baldaŭ ĝi rotaciis je granda rapido. Dum ĝi turniĝis, ĝi komencis kanti per alttona voĉo.

La detektistoj falis sur siajn genuojn kaj kovris siajn orelojn per siaj manoj. Iliajn korpojn skuis naŭzo, iom simila al marmalsano. Kaj ili tre timis.

"Kio okazas?!" kriegis Johano.

"Mi pensas, ke la aĵo eloviĝas!" respondis Paŭlo.

Dum la ujo falis sur la teron, ĝi pulsis. Ektremis. Ektintis. Dum la spegula skatolo larĝe malfermiĝis, parto de ĝi malsupreniris kiel leviĝponto sur la herban riverbordon.

"Arrrgggggh!" kriis la detektistoj.

Ili atendis, rigardante tra la spaco inter siaj fingroj. Ne plu interesitaj pri la akiro de la aĵo. Ne plu interesitaj pri ĝia valoro.

Elpaŝis juna knabo.

"Estas infano," diris Paŭlo, stariĝante.

Ankaŭ Johano stariĝis kaj metis siajn manojn sur siajn koksojn.

"Atendu," diris Paŭlo. "Li estas vestita kiel unu el tiuj infanoj el *Oliver Twist*."

"Mi estas renaskita," ekkriis la knabo, klinante sian ĉapelon, poste remetante ĝin sur sian kapon. Li streĉiĝis, bosteis, poste ĉirkaŭrigardis. "Rigardu, tie! La Parlamenta Konstruaĵo. Ĝi ŝanĝiĝis de kiam mi laste vidis ĝin. Kaj aŭskultu," li diris, dum la horloĝo sonis unufoje, dufoje, trifoje. "Kial ili metis La Grandan Sonorilon en kaĝon?" li demandis.

"Kion vi celas per kaĝo? Kaj ĝi nomiĝas Big Ben," diris Paŭlo. "Kaj kial vi estas tiel vestita? Ĉu vi partoprenas kostumfeston?"

La knabo palpis la antaŭon de sia veŝto. Li kontrolis, ke lia veŝto estas plene butonumita kaj ke liaj pantalonoj estas plene malvolvitaj. Li pli kutimis porti mallongajn pantalonojn, kaj la pli longaj ĉiam emesis suprenruliĝi. Sur lia kapo estis ĉapelo, kiun li demetis antaŭ ol denove paroli.

"Ĉu vi scias la vojon al Portsmouth?" li demandis. "Patrino kaj patro zorgos pri mi."

La detektistoj rigardis unu la alian, sed neniu parolis. Por unufoje en siaj vivoj, ili restis senvortaj.

"Mi foriras," diris la knabo, remetante sian ĉapelon.

POP.

POP.

Hadz kaj Reiki alvenis, kaj bloko flugis rekte antaŭ la okulojn de la knabo.

"Charles Dickens, vi devas resti kun ĉi tiuj du viroj. Ili kondukos vin tien, kien vi devas iri. Vi devas esti kun E-Z."

"Kion ili diris?" diris John, frote siajn orelojn. "Mi pensas, ke mi freneziĝas."

"Ili diris, ke li estas Charles Dickens. Charles Dickens! Kaj ni devas helpi lin atingi E-Z-on, kiu ajn li estas kiam li estas hejme," respondis Paul.

Charles Dickens. LA Charles Dickens. Alie konata kiel la malproksima parenco de E-Z kaj Sam... Li klinis sian ĉapelon al la du feecaj estaĵoj. "Mi iam havis libron, kun feo sur la kovrilo, de la fratoj Grimm. Ĉu vi konas lin?" li demandis.

Hadz kaj Reiki subridegis, poste malaperis.

POP.

POP.

Charles Dickens remetis sian ĉapelon, "Mi iras al Portsmouth." Li ekiris.

"Ne, vi ne estas," diris la detektistoj unuvoĉe.

"Kompreneble mi estas," li diris.

"Portsmouth estas longa promeno," diris John.

Malantaŭ ili, la spegula kubo komencis skuiĝi kaj klaketi. Tiam ĝi parolis, "Ĉi tiu cybus autem speculatam sin detruos post 5, 4, 3, 2, 1, 0."

La detektistoj ĵetis sin sur la teron, kovrante siajn kapojn per siaj manoj.

PUF.

Kaj ĝi malaperis.

"Ho, dank' al Dio!" diris Dickens. Poste li montris al la London Eye. "Kio diable estas tio?" li demandis.

La detektistoj kuris antaŭ Charles. Gvidante la vojon kaj liberigante la padon. Kiel du futbalaj defendantoj ili tenis lin sekura. Evitante biciklojn, piedirantojn kaj vagantajn hundojn. Direktante lin sur aliajn padojn por eviti tramojn, taksiojn kaj skoterojn.

"Ĝi nomiĝas La Londona Okulo kaj oni povas vidi mejlojn kaj mejlojn de tie supre."

"Ĉu eblas, ke ni baldaŭ manĝos ion?" demandis Karlo, frotante sian ventron.

"Kial vi ne venas al ni kaj unue trinkas tason da teo," proponis Paŭlo. "Mia patrino faras bonegan tason da teo kaj ŝi eble eĉ aldonos biskviton aŭ du."

"Bone sonas por mi," diris Dickens. "Do mi devos iri hejmen. Panjo scivolos, kie mi estas. Mi ne rajtas resti ekstere malfrue, kaj konsiderante la pozicion de la suno, mi atendas, ke ĝi baldaŭ subiros."

Kiam ili proksimiĝis al Convent Gardens, Dickens rimarkis plakedon. "Rigardu ĉi tien," li diris. "Mia nomo estas skribita ĉi tie."

Johano kaj Paŭlo rigardis Charles Dickens.

"Kio?" li diris.

"Vi estos la plej fama brita aŭtoro de ĉiuj tempoj," diris Johano. "Kaj Oliver Twist estas unu el viaj plej famaj roluloj."

"Ĉu vere?" demandis Charles.

"Jes," diris Paŭlo. "Kaj mi ne celas ofendi vin aŭ ion, sed, vi scias, Vilhelmo Ŝekspiro ankaŭ estas sufiĉe fama," diris Paŭlo.

"Ŝekspiro estis dramisto. Ĉu mi verkis teatraĵojn?" demandis Karlo.

"Ne, vi verkis romanojn. Nu do, eble vi pravis."

Ili alvenis al la domo de Paŭlo. "Panjo, jen Karlo Dickens," li diris.

Ŝi estis en la kuirejo, surhavis antaŭtukon kaj viŝis siajn manojn sur ĝian antaŭan parton, antaŭ ol manpremi la manon de Karlo.

"Ĉu vi estas parenco de LA Charles Dickens?" demandis la patrino de Paul.

"Estis plezuro revidi vin," diris John, ŝanĝante la temon. "Ĉu mi povas esti tiel malĝentila, ke mi petu tason da teo kun pano kaj butero?"

"Eniru kaj sidiĝu, vi tri, mi tuj alportos ĝin," ŝi diris, forpelante ilin el sia kuirejo.

Ili ekloĝis en la antaŭa ĉambro. Paŭlo sidis proksime al la fenestro, por ke li povu rigardi eksteren tra la insektoretaj kurtenoj.

Dume Johano kaj Paŭlo pensis laŭ similaj linioj. Kiel ili malkovris Charles Dickens kaj kiel ili povus gajni iom da mono per tio.

Paŭlo serĉis: "Kiam naskiĝis Charles Dickens? Kiam mortis Charles Dickens?" Respondo: 1870. Li montris la ekranon al Johano.

"Kial vi volis iri al Portsmouth?" demandis Johano.

"Mi loĝis tie," diris Karlo.

"Ĉu vi havas pliajn librojn?" demandis Paŭlo. "Mi celas librojn, kiujn vi ankoraŭ ne publikigis?"

"Mi ne scias," diris Karlo. "Ĉu mi verkis multajn librojn?"

"Jes, certe, Karlo," diris Johano.

"Ĉu bonaj?" demandis Karlo. "Mi legis *Oliver Twist* kiam mi estis knabo, kaj ankaŭ *Great Expectations*. Bonegaj, sed iom longaj laŭ mia gusto," diris Paŭlo.

"*A Christmas Carol* estis bona," diris Johano, "Ne tro longa kaj bonega leciono lernita."

La ĉambro silentis dum kelkaj minutoj.

"Mi devas trovi ĉi tiun Ezekiel Dickens – aŭ kiel li estas konata al amikoj, E-Z," diris Karlo. " Mi ne scias, kiel mi scias tion, sed mi pensas, ke li loĝas en Ameriko." Li yaŭmis kaj apenaŭ povis teni siajn okulojn malfermitaj.

La patrino de Paŭlo envenis, portante pleto plenan je bonaĵoj. Ĉiuj manĝis ĝis sataĵo, kaj baldaŭ Karlo ekdormis en la seĝo.

"Aĥ, la etulo dormas firme," diris la patrino de Paŭlo, dum ŝi kovris lin per litkovrilo.

"Li estas tiel malgranda," ŝi diris.

"Sed li estas unu el la plej grandaj verkistoj," enĵetis Johano, "Verkado estas en lia sango, do li eble iam fariĝos granda verkisto."

La patrino de Paŭlo ridis, poste supreniris al sia ĉambro por iomete spekti televidon.

Dume, Paŭlo kaj Johano diskutis, kion ili faru kun Charles Dickens.

"Bedaŭrinde ni ne povas reteni lin," diris Johano.

"Nu, mi ne pensas, ke la muzeo akceptus lin," diris Paŭlo.

Ambaŭ konsentis esplori pri Charles Dickens en la interreto.

POP.

POP.

Johano kaj Paŭlo rigardis antaŭen kvazaŭ ili dormus. Kvankam ili estis tute viglaj. Hadz kaj Reiki kantis al ili kanton, kiu sonis proksimume jene:

"Charles Dickens estas nur knabo.

Li ne estas ludilo por detektistoj.

Helpu lin trovi sian kuzon en Usono.

Faru tion matene, aŭ ni igos vin pagi!"

Tiu kanto turniĝis kaj turniĝis en la kapoj de John kaj Paul, ĝis ili sciis, kion ili devas fari.

"Ni trovos E-Z Dickens," diris Paul.

"Jes, tio estas la ĝusta afero," diris John.

POP.

POP.

Kaj ili malaperis.

ĈAPITRO 19

ROSALIE ENUĜITA

Rosalie laciĝis legante "Anna de la Verdaj Tegmentoj".

Ju pli aĝa ŝi fariĝis, des pli malfacile estis por ŝi longe koncentriĝi pri io ajn. Ŝi demetis siajn okulvitrojn kaj deziris, ke ŝi havu lavendan maskon por kovri siajn okulojn.

TRO!

Mola masko kun flosanta odoro de lavendo blokis la lumon kaj mildigis ŝiajn lacajn okulojn.

"Estas kvazaŭ magia genio estus ĉi tie!" ŝi diris, poste ŝi fermis la okulojn kaj ekdormis.

Kiam ŝi vekiĝis iom poste kaj forprenis sian maskon, ŝi estis ree en sia lito en la loĝejo por maljunuloj. Ĉu ŝi freneziĝis, aŭ ĉu ŝi vojaĝis en sia menso?

Rosalie iom sentis malvarmeton, verŝajne pro la malvarma, sterila medio, en kiu ŝi loĝis. Je certaj horoj de la tago, la temperaturo falis.

Tiutempe ŝi rimarkis, ke la loĝantoj estis en siaj ĉambroj, dum la flegistoj ordigis. Ĉar ili laboregis, ili ne rimarkis la malvarmon. Ne tiel kiel la maljunuloj, kiuj faris nenion.

BINGO.

La malsupra tirkesto de ŝia vestoŝranko malfermiĝis, kaj ŝia mola kaj lanuga ruĝa pulovero flugis al ŝi. Ĝi ekstabilis sin dum ŝi enmetis siajn brakojn en ĝin. Ŝi sin kuntiris, sentante ĝian varmon dum la aĵo membutonumis sin.

"Tio estas sufiĉe stranga okazaĵo," ŝi diris.

Ŝi sidis silente, revante pri varma taso da teo kun multe da sukero kaj lakto.

BINGO.

Eleganta teujo kun floroj sur ĝi alvenis sur proksiman tablon. Kiam la teo infuziĝis, ĝi verŝis sin en kongruan tason, aldonis du sukerpecojn kaj iom da lakto.

"Tri sukerpecojn, mi petas," Rosalie petis.

Tria sukerpeco estis aldonita.

La taso da teo sur tasoneto flosis al ŝi.

"Kial ne unu aŭ du buterkuĉetoj?" ŝi demandis.

Ĝi haltis meze de la aero.

BINGO.

Nun sur la telero estis du buteraj biskvitoj.

"Vi forgesis la sukerkudrilon!"

BINGO.

"Dankon," ŝi diris, ankoraŭ demandante sin, ĉu ŝi halucinas kaj/aŭ freneziĝas.

Tamen la teo estis varma, ne tro varma. Dolĉa, ne tro dolĉa. Kaj ĝi tre bone kongruis kun la butera biskvito.

Kiam ŝi sorbis la lastan gutojn el la taso....

BINGO.

Ĝi malaperis rekte el ŝia mano.

Ŝi scivolis, kiel longe daŭros ĉi tiuj magiaj trukoj, aŭ trukoj de ŝia imago. Dum ili daŭros, ŝi ĝuos ilin plene.

"Atendu momenton!"

Ŝi rememoris la libron. Tiu, kiun ŝi ne volis, ke iu ajn povu legi.

"Ĉu vi povas," ŝi demandis la aeron, "aranĝi, ke la alia, kiu povas legi mian libron..." Ŝi enmetis la manon en la tirkeston kaj ĝin suprenlevis. "Do, la solaj, kiuj povas ĝin legi, krom mi, estas Lia, Alfred kaj E-Z. Neniu alia. Se iu alia trovos ĝin, kaj foliumos la paĝojn, ili ĉiuj estos blankaj."

Ŝi atendis signon. Aŭ bruon, sed neniu venis.

Ŝi remetis la libron en la tirkeston, turniĝis kaj rekuŝis.

POP.

POP.

"Ĉu ŝi jam dormas?" demandis Hadz.

"Mi pensas. Ŝi ronkas!"

"Atentu ne veki ŝin. Sed ni devas oficiale akcepti ŝin."

"La arĥanĝeloj donis al ŝi povojn, por observi Lia, E-Z kaj Alfred. Ili scias pri ŝi," rememoris Reiki.

"Tio veras, kaj ŝi estos lojala al tiuj infanoj. Kaj al la aliaj. La ĉeftreangeloj ne scias detalojn pri ili – kaj mi pensas, ke estas pli bone tiel."

"Konsentite. Do, kion ni devas fari, por ke tio okazu?"

"Rosalie," Hadz flustris rekte en ŝian maldekstran orelon. "Vi volas helpi al Lia, E-Z kaj Alfred, ĉu ne?"

"Jes," Rosalie koketis.

Reiki parolis. "Kaj kio pri la aliaj? Ĉu vi pretas protekti ilin? Eĉ kontraŭ la arĥanĝeloj?"

"Jes," Rosalie respondis.

"Tre bone," diris Reiki. "Nun, ni plifortigu ŝian memoron. Ni ne volas, ke ŝi forgesu tion, kion ŝi konsentis fari, ĉu ne?"

Hadz kaj Reiki kantis kanton,

"Memoroj estas belaj aferoj.

Kiuj flosas ĉirkaŭe kiel fumringoj.

Antaŭen kaj reen, reen kaj antaŭen

Lasu la memorojn de Rosalie teni ŝin sur la ĝusta vojo.

Magio, magio en la aero kaj en la maro

Fiksante nian kontrakton kun Rosalie."

POP.

POP.

Hadz kaj Reiki malaperis, dum kara maljuna Rosalie daŭre ronkis.

ĈAPITRO 20

KUZOJ

MATENE, EN ANGLIO, DUM la ketelo bolis, Johano kaj Paŭlo sin pretigis. La komputilo estis ŝaltita, kaj la serĉilo estis malfermita.

"Mi preparos la teon," diris Johano.

"Mi ektajpos," diris Paŭlo, tajpante "Ezekiel Dickens" en la serĉobreton. "Ho," li diris. "Tio estis neatendita."

Johano alvenis portante pletojn da teo, sukerpecojn en bovlo, varman buteritan toston, kun poto da marmelado flanke.

"Ĉu vi trovis ion?" li demandis.

"Rigardu ĉi tion," diris Paŭlo, turnante la ekranon kaj kirliĝante sukerpecojn en sian teon.

Ĝi estis la retejo de La Tri Superheroo. Ili spektis, dum E-Z prezentis sin, sekvate de Lia kaj Alfred.

"Ĉu tio estas aŭtenta?" demandis Johano. "Ili aspektas kiel tri roluloj el la desegnofilm-reto."

Tiam komenciĝis la rekonstruo de la savado per la ondfervojo. Paŭlo premis PAŬZO. Li malfermis alian fenestron. Entajpis "Savado en Amuzparko E-Z Dickens". Aperis gazeto kun artikolo pri ĝi. "Ĝi estas aŭtenta," li diris.

"Do, la parenco de Karlo estas superheroo?"

"Ĉu vi pensas, ke ni entute similas?" demandis Karlo. Li ankoraŭ estis duondormanta en la trograndaj piĵamoj, kiujn ili donis al li por dormi. Li prenis toston de la telero kaj mordis ĝin.

"Vi ambaŭ havas la Dickens-nazojn," diris Johano.

Karlo pli atente rigardis la paŭzitan parton de la ekrano.

"Laŭ via naskiĝjaro," diris Paŭlo, serĉante per Guglo, "de 1812 ĝis nun, E-Z estus via sepa aŭ oka forigita kuzo."

"Kion signifas, ke kuzo estas forigita?"

"Tio signifas la nombron da generacioj inter vi," diris Johano.

"Do, mia praulo estas Superheroo. Kio estas superheroo? Ĉu ĝi estas kiel en *Sinjoro Gwain kaj la Verda Kavaliro*?"

"Ho, mi ja memoras, ke mi legis tion en la lernejo, kiam mi estis knabo, jes, kavaliroj kaj superheroj similas," diris Paŭlo.

Johano rulmoviĝis malsupren por vidi, ĉu E-Z Dickens estas menciita aliloke. Estis Jutubaj filmetoj de li ludanta basbalon antaŭ ol li estis en rulseĝo kaj po st tio.

"Li estas sufiĉe bona atleto," diris Johano. "Kaj li sportas en rulseĝo."

"La ludo aspektas simila al Ronduloj ," diris Karlo.

"Ho, atendu, jen io pri liaj gepatroj," diris Paul.

Ili legis la nekrologojn pri la gepatroj de E-Z, pri la akcidento, kiu mortigis ilin.

"Malriĉa knabo," diris Charles. "Almenaŭ li nun havas la fraton de sia patro, Sam, por prizorgi lin."

"Kial ni ne simple telefonas al li?" demandis Paul. Li malfermis sian poŝtelefonon kaj vokis la informservon.

Charles rigardis super lia ŝultro, dum Paul parolis en ĝin kaj virina voĉo respondis. "Mi bezonas tason da teo," li diris.

John eniris la kuirejon por alporti unu por li.

Dume, Paul petis la numeron de iu Ezekiel Dickens en Nordameriko. Post kiam li telefonis kaj la telefono eksonis, Paul metis ĝin sur la laŭtparolilon.

"Saluton," diris Sam.

Charles preskaŭ faligis sian tason da teo.

"E-hm, saluton, mi nomiĝas Paŭlo kaj mi telefonas el Londono, Anglio. Mi ŝatus paroli kun Ezekiel Dickens, mi petas."

"Mi estas lia onklo, ĉu mi rajtas demandi pri kio temas?" Sam promenas laŭ la koridoro al la ĉambro de E-Z.

La Tri spektis filmon per la nova plata televidilo. Sam prenis la teleregilon kaj premis la silentigan butonon. Poste li metis sian telefonon sur la laŭtparolilon.

"Sincere, mi ne vere certas," diris Paŭlo. "Ne mi volas paroli kun li, nu, ĝi estas..."

"Mi." Nova voĉo ekparolis en la telefono. Voĉo de pli juna persono.

"Kaj kiu vi estas?" demandis Sam.

"Mia nomo estas Charles Dickens."

Sam transdonis la telefonon al sia nevo. "Li diras, ke lia nomo estas Charles Dickens."

"Mi diris al vi, ke io stranga okazos hodiaŭ," diris Alfred.

"Ankaŭ mi," diris Lia, "sed mi ne sciis, ke ĝi implikos Charles Dickens!"

E-Z hezitis antaŭ ol diri, "Jen E-Z Dickens, eh, S-ro, eh, Charles. Kiel mi povas helpi?"

Charles ridis. Ĝi estis nervoza rido. Li ne sciis, kion diri. Li neniam antaŭe parolis kun iu, kiu estis sur la alia flanko de la mondo.

"Mi revenis," li elspudis. "Por trovi vin. John kaj Paul, miaj amikoj, estas (li kovris la telefonon per sia mano) – detektistoj..."

E-Z neniam antaŭe aŭdis la terminon 'detektistoj'.

"Ili uzas aparatojn por trovi aĵojn," diris Alfred.

Paŭlo ekparolis. "Io alteriĝis en la rivero. Charles Dickens estis en ĝi. Du lumoj, unu verda kaj unu flava, diris al ni, ke Charles bezonas kontakti E-Z Dickens."

"Kia afero?" demandis E-Z. "Ĉu ĝi estis kiel silo?"

"Jen Johano," diris nova voĉo. "Ne, ĝi estis kubo. Spegula kubo."

E-Z kovris sian telefonon per la mano, "Ne sonas kiel unu el tiuj silo-aferoj."

"Ĉu la anĝeloj sendis vin?" Lia elparolis. "Cetere, mi estas Lia kaj la alia voĉo, kiun vi aŭdis, estis tiu de Alfred. Ni estas ĉi tie kune kun E-Z kaj Sam."

"Plezure renkonti vin ĉiujn," diris Charles.

"Kiom vi aĝas?" demandis E-Z.

"Ĉirkaŭ dek, mi pensas. Ĉu vere ni estas kuzoj?"

"Jes," diris E-Z, "kaj Onklo Sam ankaŭ estas via kuzo."

"Ni estas ligitaj tra spaco kaj tempo," diris Charles.

"E-Z ankaŭ estas verkisto," diris Sam.

E-Z grimacis, kaj liaj vangoj varmegis.

Sam genuetis sian nevon reen al la realo.

"Estas multe por prilabori, S-ro Dickens, eh, mi celas, Charles. Ni devos plani, kiel venigi vin ĉi tien, aŭ mi povas veni al vi. Ĉu vi povas resti kun John kaj Paul dum iom da tempo, kaj ni denove kontaktos vin, kiam ni eltrovos, kion fari?"

Paul diris, "Jes, Panjo diras, ke Charles tute ne estas ĝenaĵo. Li povas resti kun ni tiom longe, kiom li volas."

"Mi revokos vin," diris E-Z.

La telefono malkonektiĝis.

"Ho, cetere," diris Sam, "Ne estis io utila sur la malmola disko de Arden. Krom por konfirmi, ke ili estis enretaj kune ludante plur-ludan pafludon."

"Bone scii," diris E-Z; tion li jam mem eltrovis.

ĈAPITRO 21

LA PLANO KAJ ROSALIE

EN LIA ĈAMBRO, E-Z, Lia kaj Alfred kune kun Onklo Sam diskutis la konversacion, kiun ili havis.

"Mi ne povas kredi, ke la vera Charles Dickens telefonis al ni," diris Sam.

"Jes, sed kion mi ne komprenas, estas kial li estas ĉi tie. Kaj kion li venis fari ĉi tie," diris E-Z. "Mi volas diri, li estas dekjara – li pensas. Kaj lia vojaĝmaniero sonas stranga, spegula kvadrata skatolo. Pri kio, finfine, temas ĉio tio?"

"Ĝi ne sonas kiel kosmoŝipo," diris Alfred, "Ne ke ni scius, kiel unu aspektus."

"Atendu momenton!" diris Lia.

E-Z rigardis ŝin. "Ĉu vi pensas tion, kion mi pensas?"

Ŝi kapjesis.

"KION?" demandis Alfred.

"Ĉu vi memoras, kiam la arĥanĝeloj alvokis nin, por diri al ni, ke unu el ni devas morti?" demandis Lia.

Alfred kaj E-Z kapjesis.

"Pensu pri la ujo. Kvazaŭ vi estus denove en ĝi kaj memorus la aĵojn, kiujn ni trovis. La dokumentojn, kiujn ni trovis?"

"Mi komprenas, kien vi celas. Vi celas la transmondan informon. Pri niaj vivoj en alternativaj dimensioj?" demandis E-Z.

"Ĝuste," diris Lia.

Alfred saltetis sur la lito.

"Kio?" demandis Sam.

E-Z klarigis, kiel plej bone li povis.

"Do, lasu min vidi, ĉu mi bone komprenis tion," diris Sam. "Ni ĉiuj havas vivojn, kiuj daŭras ie krom ĉi tie. Mi celas, sur la tero. Estas aliaj versioj de ni mem, vivantaj vivojn apartajn de la niaj. En apartaj tempoj, malsamaj spacoj, malsamaj dimensioj"

"Ĝuste," diris E-Z.

"Ĉu ni do povas ŝanĝi niajn vivojn?" demandis Sam. "Mi volas diri, ŝanĝi la rezulton? Ĉu ni povas malhelpi terurajn aferojn okazi?"

"Mi ne pensas," diris Lia. "Sed mi ne scias, kiom multe ili volas, ke ni sciu pri la aliaj dimensioj. Sed laŭ tio, kion Eriel ja diris al ni, ni estas la centro. Ĉio alia, kio okazas, turniĝas ĉirkaŭ ni, kaj la vivoj, kiujn ni nun vivas."

"Do," diris Alfred, "la ĉeesto de Charles Dickens devas iel rilati al Eriel kaj la aliaj."

"Jes, ankaŭ mi pensas tiel," diris E-Z. "Sed kial nun? La provoj finiĝis. Tio estis ilia elekto. Tamen, ili ŝajne ne povas lasi min trankvila."

"Reporti Charles Dickens. Kaj krome dekjara versio de li! Tio tute ne havas sencon por mi," diris Lia.

"Eble kiam ni renkontos lin," diris Sam, "ĉio havos sencon."

"Ne, se temas pri Eriel," diris E-Z. "Nenio kun li estas iam ajn simpla."

"Ŝajnas, ke vojaĝo al Londono estas nia sola maniero ekscii," diris Sam.

"Mi sentas, kvazaŭ mi ne estis tie antaŭ tiom da tempo."

"Jes, estas facile por vi iri. Vi nur devas turni vian seĝon en la ĝustan direkton kaj jen vi foriras," diris Alfred. "Dum ĉe mi, necesas multe da energio por tiu tuta fladado, kaj la vento estas faktoro."

"Vi povus ekflugi per aviadilo, se Onklo Sam akompanus vin," sugestis E-Z. "Vi nur bezonus sidi en seĝo kun la aliaj pasaĝeroj kaj ĝui la vojaĝon."

Alfred mallevis la kapon.

"Mi ne diras tion por malbonfartigi vin. Mi nur memorigas vin, ke ni ĉiuj estas en la sama boato."

"Mi komprenas tion. Kaj dankon."

"Bone, nun ni revenu al la temo," aldonis E-Z. Li malŝaltis la televidilon.

Lia fiksrigardis antaŭen, kvazaŭ ŝi estus en transo. "Rosalie!" ŝi ekkriis.

"Kiu?" demandis Alfred.

Lia daŭre fiksrigardis en la malplenon.

"Ĉu Lia fartas bone?" demandis Sam. "Ŝi apenaŭ spiras." Lia stariĝis. "Mi havas ion por diri al vi. Mi renkontis iun, ne persone sed en mia kapo. Ŝi estas en mia kapo kaj mi parolas kun ŝi jam de sufiĉe longa tempo. Ŝi petis min diri nenion – ankoraŭ ne. Mi pensas, ke tio ĉi eble estas ligita al tiu tuta afero pri la reenkarniĝo de Charles Dickens."

"Ni aŭskultas," diris E-Z, kliniĝante pli proksimen.

"Ŝia nomo estas Rosalie. Ŝi loĝas en hejmo por maljunuloj en Bostono – kaj ŝi estas sufiĉe maljuna. Ŝi havas demencon."

"Ĉu ne tiu malsano, kiu kaŭzas memorperdon?" demandis Alfred.

Sed la minuton, kiam Rosalie aŭdis Lian mencii ŝian nomon, ŝi estis transportita en sia menso kaj en sia korpo al la ĉambro de E-Z. Ŝi flosis super ili, zorge aŭskultante ĉiun diratan vorton. Ŝi tusis por testi, ĉu ili povus vidi aŭ aŭdi ŝin – sed ili ne povis. Ŝi deziris, ke ŝi estus kunportinta sian notblokon kaj skribilon.

BINGO.

Ambaŭ aperis en ŝiaj manoj. Ŝi ridetis kaj eknotis.

"Ĉu vi volas diri, ke vi du konektiĝas – per ESP?" demandis Alfred. "Mi pensis, ke nur mi havas ESP-on?"

"Mi ne pensas, ke temas precize pri EK. Ne sammaniere kiel vi havas ĝin."

"Kiel do?" Alfred demandis.

"La memoroj de Rosalie malaperis. Almenaŭ la plejparto el ili. Ŝi eĉ ne rekonas sian familion, kiam ili venas viziti ŝin. Ili ne vizitas ofte. Tio ne ĝenas ŝin, ĉar ŝi ne ŝatas ilin. Sed iel, ni iĝis konektitaj. Kaj ŝi sciis ĉion pri ni kaj niaj povoj. Ŝi iel gardis nin."

"Kial vi rakontas tion al ni nun?" demandis E-Z.

"Ĉar ŝi diris, ke estas en ordo. Kaj ŝi ankaŭ menciis la Blankĉambron. Ŝi estis tie ne unufoje, sed dufoje. La unuan fojon, oni sekure redonis ŝin al ŝia lito – sed ne ĉi-foje. Ŝi diras, ke ŝi estas tie nun, kaj ili ne lasos ŝin hejmeniri."

"Kiel vi ambaŭ scias, mi estis en Blanka Ĉambro," li diris. "Ĝi estas la loko, kie la Arĥanĝeloj unue faris promesojn kaj diris al mi, ke mi denove estos kun miaj gepatroj. Esence, kie ili varbis min per la provoj."

Sam interrompis, "Eriel forkaptis min al la Blanka Ĉambro iam. Ĝi estis sufiĉe agrabla, almenaŭ komence – ĝis li ne lasis min foriri."

"Jes," diris E-Z, "Eriel estas senĝena. Kaj ĝi estas sufiĉe mojosa loko. Oni ricevas ĉion, kion oni petas, simple pensante pri tio – kvazaŭ magio. Kaj estas libroj – libroj kun flugiloj. Sed mi ne volas tro detalii ĉi tie – ni fokusiĝu pri Rosalie. Kio nun okazas?"

Rosalie ridis, pensante: kio se ŝi dirus al Lia, ke ŝi estas en du lokoj samtempe? Ne, tio eble terurigus ilin. Ŝi babilis kun Lia en ŝia kapo kaj diris kelkajn blankajn mensogojn dum la babilado.

"Ŝi diras, ke ŝi ŝajnigas sin dormanta. Ŝi memoras du punktojn, unu verdan kaj unu flavan, flosantajn antaŭ siaj okuloj."

"Hadz kaj Reiki," diris E-Z. "Diru al ŝi, ke ŝi ne timu ilin. Ili estas la bonuloj."

Aĥ, Rozalio suspiris. Tiam ŝi konstatis, ke ĉi tio eble estas la okazo, kiun ŝi atendis. Por rakonti al La Tri pri la aliaj. Ŝi zorge pripensis, poste decidis, ke venis la tempo dividi tion, kion ŝi sciis.

"Ho, atendu, ŝi volas, ke mi diru ion al vi." Lia rigardis antaŭen dum la voĉo de Rozalio fluis el ŝiaj lipoj, "Estas aliaj kiel vi, mi vidis ilin. Mi pensas, ke tial mi estas ĉi tie. "

"Aliaj, kiel ni?" ekkriis Lia, Alfred kaj E-Z.

"Mi ne certas, kiom mi devus diri al ili pri la aliaj infanoj ĉi tie en ĉi tiu ĉambro. Ĉu vi havas ian konsilon por mi? Kion mi diru? Ĉu ili vundos min? Se mi diros al ili pri la aliaj infanoj – ĉu ili vundos ilin?" diris Rosalie, per Lia.

"Nun al vi, E-Z," diris Lia kiel si mem.

"Unue aŭskultu, kion ili havas por diri," diris E-Z. "Ili diros al vi tion, kion ili jam scias, kaj tiam vi povos decidi, kiom pli, se entute, ili bezonas scii."

"Saĝa konsilo," diris Alfred. "Ĉiam estu bona aŭskultanto. Precipe kiam oni tenas vin kontraŭ via volo en fremda loko."

Lia proponis, "Mi informos la ulojn ĉi tie, se vi volas, ke ni restu en la linio – tiel diri."

Rosalie parolis uzante la buŝon de Lia kvazaŭ ĝi estus sia propra, "Mi bezonas konservi ĉiujn miajn kapablojn... do mi diros ĝis nun, eksteren kaj for. Dankon al vi kaj la bando pro la helpo. Mi kontaktos vin, se mi bezonos vin dum mi estos ĉi tie. Alie, mi ĉion klarigos al vi, kiam mi revenos hejmen, kio okazos baldaŭ, ĉar mi maltrafas vespermanĝon. Ĉi-vespere estas meleagro, pistitaj terpomoj kaj pizoj." Ŝi hezitis. "Ho, kaj cetere, Lia, tiu estas bela supro, kiun vi portas."

BINGO.

"Dankon," diris Lia, rigardante sian T-ĉemizon kaj scivolante, kiel Rosalie sciis, kion ŝi portas.

"Kio?" demandis E-Z.

"Ho, nenio," diris Lia.

Denove en la Blanka Ĉambro. Rosalie pensis, ke ŝia skribtablo estus pli bone konservita en la tirkesto de ŝia nokttablo.

BINGO.

Kaj ili malaperis.

BINGO.

La vespermanĝo alvenis. Ĝi havis ĉion bongustan, sed nun ŝi povis pensi nur pri frag-densa trinkaĵo.

BINGO.

Unu alvenis kaj apud ĝi estis tranĉaĵo de citrona meringa torto.

Tiam alvenis Eriel kaj Rafael.

"Ho, ho," diris la ŝtuparo, dum ili flosis malsupren al ŝi, aspektante kvazaŭ ili vestus sin por Haloveno.

"Ĉu mi revas? Aŭ mi mortis?" demandis Rosalie.

"Nek," respondis la arĥanĝeloj.

ĈAPITRO 22

RENKONTU KAJ SALUTU

"Antaŭen, finu vian manĝon," diris Rafael.

"Jes, ni havas nenion pli bonan por fari," diris Eriel.

Dum ili rigardis ŝin manĝi, Rozalio havis malfacilaĵojn maĉi. Malfacilaĵojn gustumi. Kaj ŝajnis pli malvarme. Ŝi ekrigardis la librobretojn, la ŝtupetaron. Ŝi sentis, ke tiuj du fremduloj intencas ion malbonan, dum ŝi demetis sian tranĉilon kaj forkon.

"Unue," komencis Eriel, "ĉi tiu konversacio devas resti inter ni kaj nur ni."

En sia menso, ŝi parolis al Lia. "Ĉu vi estas tie, infano? Ĉu vi aŭskultas?"

"...Ekstermo."

"Pardonu," diris Rosalie, "sed ĉu vi povus rekomenci, mi volas diri, de la komenco? Mi estas maljuna kaj mi perdis la fadenon pri tio, kion vi rakontis al mi."

Eriel ofenadis. Kiel punita knabeto, li malfermis siajn flugilojn kaj forflugis. Kiam li alproksimiĝis al la supro de la biblioteko, li krucis la brakojn kaj atendis. Atendis, ke Rafael provu.

Rafael kliniĝis pli proksimen al Rozalio.

"Viaj okulvitroj estas vere belaj," diris Rozalio. "Sed ili iom naŭzas min pro tiu tuta sango pulsanta kaj flosanta tie interne."

Eriel ekridegis.

Raphael demetis ŝiajn okulvitrojn kaj metis ilin en la poŝojn de sia nigra mantelo.

"Mia kara, Rosalie," flustris Raphael, "bonvolu ignori la malĝentilecon de mia klera amiko, sed ni estas en situacio. Situacio, en kiu ni bezonas ne nur vian helpon, sed ankaŭ la helpon de E-Z, Lia, Alfred, kaj la aliaj. Vi scias, al kiuj mi celas, kiam mi mencias la aliajn, ĉ ne?"

Rozalio kapjesis, dirante nenion.

"Ni estas teamo de arĥanĝeloj kaj niaj povoj estas limigitaj. La afero, kiu okazas tra la tuta mondo, okazas al animoj."

"Vi celas, kiam homoj mortas?" demandis Rozalio.
"Ĝuste."

"Sed ĉu tio ne estas pli via fako, ol la nia? Vi parolis kun Dio – li konas vin, ĉu ne? Kaj se vi provas ripari teruran situacion, kial ne demandi lin rekte?"

Ĉar Rafael kaj Eriel ne parolis, Rozalio daŭrigis.

"Laŭ mia kompreno, kiam homo mortas, ties korpo estas entombigita. Aŭ kremaciita. Iliaj animoj – se ili ekzistas – plu vivas en alia loko."

Eriel en sekundoj estis antaŭ ŝi, grincante. "Tio estas malĝusta."

Raphael flankenpuŝis lin. "Estas pli komplike ol vi scias. Tro komplike por ke plej multaj homoj komprenu."

"Homoj estas sufiĉe inteligentaj," diris Rosalie. "Ni estis sur la luno, inventis la aviadilon, la interreton, la fajron. Mi ne estas geniulo, kaj tamen vi alportis min ĉi tien, por konvinki min."

Eriel denove ridis.

Ĉi-foje, Raphael ne povis sin deteni, kaj ankaŭ ŝi ridis.

Kaj ridis. Kaj ridis.

Neniu povis ĉesigi sin.

Rosalie ignoris ilin. Ignoris tion, kio okazis ĉirkaŭ ŝi. La ŝtupetaron ĵetiĝantan tien kaj reen. La librojn elpopolantajn, poste reen enirantajn. Estis tia bruego. Tiel brua. Ŝi denove sopiris la silenton de sia ĉambro.

Anne de Verda Kablulo, ŝi pensis.

BINGO.

La libro estis en ŝiaj manoj. Ŝi malfermis ĝin, trovis legosignon, kaj legis. Se ili bezonus ŝian helpon, ili devos labori por ĝi. Nun, kiam ili insultis ŝin kaj la tutan homan rason, ŝi ne faciligos la aferon por ili.

"Bone farite," Lia flustris en la menson de Rosalie. "Vi estras. Kaj mi estas ĉi tie kun E-Z kaj Alfred, kaj ni subtenas vin."

Raphael kaj Eriel ankoraŭ ridis. Senkontrole. Salte koliziis en la aero, kiel kune ligitaj balonoj.

Tiam ŝi rememoris, ke ŝia Limon-merenga Torto ankoraŭ ne estis manĝita. Ŝi flankenmetis la libron, kaj ŝovis sian forkon en ĝin kaj prenis mordeton. Ĝi estis perfekta. Nek tro dolĉa nek tro acida, ĝuste kiel ŝia patrino kutimis fari ĝin. Ŝi prenis plian plenan forkon.Super ŝi Eriel kaj Rafael histerie ridis.

"Ĉesu!" kriis Rosalie. "Vi du estas la plej malĝentilaj, la plej abomenindaj estaĵoj, kiujn mi iam ajn renkontis. Kaj mi renkontis kelkajn sufiĉe abomenindajn homojn dum mia vivo." Ŝi demetis sian forkon. "Ĉu oni ne instruis al vi iujn ajn manierojn? Ĉu vi tute ne havas iujn ajn manierojn?" Ŝi prenis sian forkon kaj direktis ĝin al ili.Eriel flugis malsupren. Li estis sur Rosalie en sekundoj, kun la buŝo malfermita. Ŝi pikis ĝin en la citronkremon, poste enpikis ĝin per la forko en la buŝon de la arĥanĝelo.

"Fuj!" li kriis. Elspuante ĝin, kvazaŭ ŝi estus doninta al li arsenikon.

"Patrino ĉiam instruis min kunhavigi," ŝi diris kun subrido.

La paleco de Eriel ŝanĝiĝis de nigra al verda. Post vomado li malaperis tra la muro.

"Mi supozas, ke li ne estas ŝatanto de torto?" diris Rosalie.

Lia ridis en la menso de Rosalie.

Raphael elprenis sian okulvitron el la poŝo de sia robo, purigis ĝin kaj remetis ĝin sur sian vizaĝon. Ŝi sidiĝis apud Rosalie. Ŝi estis tiel proksime, ke ŝi preskaŭ sidis sur ŝia sino.

Malriĉa Rosalie.

"NI SCIAS, KE EKZISTAS ALIAJ KAJ NI DEVAS SCII, KIUJ ILI ESTAS KAJ KIELIE ILI ESTAS - NUN!"

Dum ŝi parolis, la vizaĝo de Raphael misformiĝis, fariĝante nerekonigebla.

La hararo de Rosalie staris surdorse. Ŝia korpo tremis.

"Malĝentilaj homoj neniam ricevas tion, kion ili petas, kaj vi, mia kara, estas tre malĝentila. Kaj ankaŭ via amikino," flustris Rosalie.

Rosalie revenis al sia antaŭa mem.

Nur ĉi-foje la taktiko de la arĥanĝelo ŝanĝiĝis. Kaj ŝia voĉo estis sirupa, kiam ŝi diris,

"Mi trapasos tiun muron kaj aliĝos al Eriel.

Post kvin minutoj, ni revenos kaj rekomencos. Ni bezonas vian helpon – vi pravas – kaj ni ne petas ĝin tiel, kiel ni devus." Tiam al la virino en la muro, "Agordu la tempomezurilon por kvin minutoj." Tiam reen al Rosalie, "Kiam la tempomezurilo sonos, ni revenos kaj rekomencos." Kiel promesite, Rafaelo moviĝis al la muro kaj malaperis tra ĝi.

La horloĝo en la muro tikeis laŭte. Ĝi ŝajnis misloka. Eĉ tro brua por la biblioteko.

"Ĝi estas tre ĝena!" diris la ŝtuparo, alproksimiĝante.

"Mi pardonpetas pro la tuta tumulto," diris Rosalie. "Mia ĉeesto kaŭzis al vi nenion krom kaoso."

"Ni ŝatas vin," diris la ŝtuparo. "Kial vi ne iom moviĝas? Tio sentigos vin pli bone."

Rozalio staris, atendante senti sin laca post la manĝo de tiel granda manĝo. Anstataŭe, ŝi estis plenigita de energio. Precipe ŝiaj kruroj. Ili sentigis ŝin kvazaŭ ŝi denove estus dekjara. Ŝi faris saltan grenadon. Kia amuzo!

"Kaj nun," diris Rozalio, "por ŝia sekva lertaĵo. La Granda Avino provos ne unu, nek du, sed tri sinsekvajn saltadajn radrotojn," – kion ŝi faris. "Dankon, dankon!" ŝi diris, klinante sin kaj svingante kiel gajninto de Ora Medalo ĉe la Olimpikoj.

BRRRIIING.

La tempomezurilo finiĝis. Eriel kaj Rafael alvenis.

La arĥanĝeloj estis malsame vestitaj. Kvazaŭ ili irus al du malsamaj festoj.

Eriel portis malhelan, striitan kostumon, blankan ĉemizon kaj kravaton.

Rafael portis ruĝan, mumujn-similan robon, kiu tute kovris ŝian korpon de la kolo ĝis la piedfingroj.

"Mi sentas min subvestita," diris Rozalio.

Trafite.

Ŝi nun portis sian plej elegantan robon. Ĝi estis tiu, kiun ŝi indikis, ke ŝi volas porti post sia morto.

Ŝi falis en la seĝon, kun la okuloj rigardantaj supren. Kaj la arĥanĝeloj flosis al ŝi. Iliaj flugiloj moviĝis, kiel papiliaj flugiloj, dum ili alproksimiĝis al ŝi kun graco kaj beleco. Ŝiaj okuloj pleniĝis de larmoj.

"Kiel mi povas helpi vin, karuloj?" demandis Rosalie.

Estis kvazaŭ ili nun havus potencon super ŝi, potencon, kiun ŝi ne volis superi. Ŝi falis sur la plankon, nun genuflekse antaŭ la du arĥanĝeloj. Rafaelo tuŝis ŝin sur la dekstra ŝultro kaj Eriel tuŝis ŝin sur la maldekstra ŝultro.

"Diru al ni, kion ni bezonas scii," ili koketis.

"La aliaj estas disĵetitaj," ŝi diris, poste ŝi falis sur la plankon kiel senŝnura pupo.

"Ŝi estas tro maljuna por tio," diris Eriel. "Se ŝi mortos, ŝi estos senutila al ni."

"Daŭrigu, ĝi funkcias."

POP.

POP.

Hadz kaj Reiki aperis, ĉiu flustris en la orelojn de Rosalie. Ili helpis ŝin stari.

"Foriru de ĉi tie, vi du entruduloj!" kriis Eriel per eksploda voĉo,

Rosalie eliris el la tranco, en kiun ili enmetis ŝin.

"For!" ekkriis Rafael kaj ne estis

POP,

anstataŭe la aŭdita sono estis unuopa

PLAT.

Rosalie metis siajn manojn sur siajn koksojn, "Mi esperas, ke vi ne vundis tiujn du karulojn. Fakte, se vi volas, ke mi konsideru helpi vin, tiam vi devus alporti ilin reen ĉi tien NUN, por ke mi povu vidi, ke ili fartas bone. Mi rifuzas diri al vi ion ajn plian, ĝis vi alportos ilin reen." Ŝi transiris la ĉambron, sidiĝis kun la dorso apogita al la blanka muro, fermis la okulojn kaj atendis. Ŝi havis la tutan tagon, la tutan semajnon, la tutan jaron. Ŝi ne hastis esti ie ajn aŭ fari ion ajn.

POP.

- POP.

"Dankon," diris Hadz kaj Reiki, sidante sur la ŝultroj de Rosalie.

"Ni fuŝas ĉi tion," diris Rafael. Poste al Hadz kaj Reiki, "Vi scias la situacion de la tero, ĉu vi povas helpi nin akiri la helpon de ĉi tiu homo?"

Reiki diris, " Ni scias, ke estas situacio! Se vi ne perfidus la interkonsenton kun E-Z, Lia kaj Alfred, ili jam estus surŝipaj. Rosalie ne fidas iun ajn el vi du."

Hadz diris, "Kaj vi ne estis honestaj kun ŝi."

Reili diris, "Ĉe homoj fido kaj honesteco estas ĉio."

Eriel impetis al ili.

Raphael retenis lin antaŭ ol ŝi diris, "Okazis eraro, de nia flanko, kaj tiu eraro havas kaŭzon kaj efikon. Ni provas savi la teron kontraŭ kromdamaĝo. La sola maniero, kiel ni povas fari tion, estas alvoki tiujn, al kiuj estis donitaj povoj, supernaturaj, superherojaj povoj. Sen ili, la homaro malsukcesos – kaj tio estos nia kulpo."

Rosalie stariĝis. Ŝi ekrigardis la du etajn estaĵojn, kiuj sidis sur ŝiaj ŝultroj. "Ĉu mi povas fidi ĉi tiujn du?"

"Raphael estas fidinda," diris Hadz.

"Sed ni ne certas pri li," diris Reiki.

POP.

POP.

Ambaŭ malaperis, timante esti resenditaj al la minejoj de Eriel.

Eriel leviĝis, pli kaj pli alte, poste malaperis tra la plafono.

Rosalie ŝanĝis la temon. "Dum mi pripensas tion, ĉu vi povas klarigi, kio estas ĉi tiu loko? Mi nomas ĝin La Blanka Ĉambro, sed ĉu tio estas la ĝusta nomo – kaj kial estas, ke kiam ajn mi deziras ion, ĝi aperas? Eble ĝi nomiĝas la Magia Ĉambro?" En tiu momento, Rosalie pensis pri E-Z, la anĝelo/knabo en la rulseĝo.

ACK.

E-Z alvenis.

"Ŭaŭ!" li diris, rimarkante, ke li aliĝis al Rozalio en la Blanka Ĉambro. Li pensis pri siaj sunokulvitroj kaj

PRESTE

Ili estis sur lia vizaĝo. Li promeneis tra la ĉambro, denove sentante siajn krurojn kaj la plankon. Poste li etendis sian manon kaj diris, "Vi certe estas Rozalio."

'Kaj vi certe estas E-Z,' ŝi diris, " Sen via rulseĝo. Ĉi tiu loko vere estas magia!"

"Kaj, saluton, Rafael."

"Bonvenon, E-Z," diris Rafael. Poste al Rosalie, "Tiel pri diskreteco – ĉi tio devis esti konfidenca."

"Kiujn ajn promesojn ŝi faras al vi, ŝi rompos ilin. Ŝi estas senutila por plenumi sian vorton – kaj Eriel estas eĉ pli malbona, same kiel Ophaniel – kaj vi eĉ ne renkontis ŝin ankoraŭ. Tamen, mi informas vin, ke ili ĉiuj estas aro da mensoguloj."

"Mi jam konstatis tion," Rosalie konfesis. "Kaj li foriris, Eriel agas kiel dorlotita infano."

"Mi ŝatus esti vidinta tion," diris E-Z. "Tio sonas tre ne-Eriel-ece, sed ho, estus mirinde vidi tion."

"Sufiĉas pri tiuj ĝentilaĵoj," diris Rafael. "Mi supozas, ke mi ne havas elekton, krom klarigi la situacion ankaŭ al vi." Ŝi stampis la piedojn kaj ŝiaj flugiloj falis al ŝiaj flankoj en kolereto. Ŝi turniĝis al E-Z kaj Rosalie. "La mondo bezonas savon, pro eraro de nia flanko. Ĉu vi kaj la aliaj volas helpi nin korekti la situacion – mi celas, savi la teron, aŭ ne?"

Rosalie kaj E-Z interŝanĝis rigardojn.

"Vi parolu," ŝi diris. "Mi konsentas kun kio ajn vi decidos."

E-Z ne respondis tuj.

"Se vi rakontos al mi ĉion, mi transdonos tion al la aliaj, kaj ni voĉdonos. Ni estas demokratia grupo."

"Kiom da tempo tio daŭros?" mokis Rafael. "Kaj kiel vi sciigos min? Ĉu mi eble tenu Rosalie ĉi tie kiel kaptiton ĝis vi eltrovos tion? Ĉu dudek kvar horoj sufiĉos?"

Rosalie diris, "Ne gravas al mi resti en ĉi tiu ĉambro. Estas multaj libroj por legi kaj mi povas mendi ion ajn, kion mi volas. Multe pli interesa kaj ekscita ol esti hejme."

E-Z kapjesis. Al Rosalie li diris, "Dankon, kaj vi pravas, ĉi tiu ĉambro estas sufiĉe speciala. Vi estos sekura ĉi tie." Poste al Rafael, "Rosalie ne estos via kaptito, fakte ŝi estos via gasto." Libro flugis de la breto kaj alteriĝis en lia mano. Ĝi estis *Harry Potter kaj la Ĉambro de Sekretoj*.

"Mi ŝatus legi tiun," diris Rosalie. La libro forflugis de la mano de E-Z kaj flugis al Rosalie. Ŝi kaptis ĝin kaj malfermis ĝin kaj tuj komencis legi.

"Rosalie estos nia gasto," diris Rafael. "Dudek kvar horoj, do?"

"Dudek kvar horoj," konsentis E-Z.

"Atendu!" kriis voĉo. Voĉo sen korpo. Voĉo, kiu eĥis kaj eĥis. Ĝis libro deŝoviĝis de supra breto. Ĝi falegis al la planko, ĝis ĝiaj flugiloj subite elpafiĝis kaj savis ĝin de rompiĝinta dorso.

Raphael aspektis surprizita pro la voĉo. Ŝi provis retiriĝi, sed io tenis ŝin malantaŭen.

Rosalie kaj E-Z atendis kaj aŭskultis.

"Raphael ne diris al vi ĉion," diris la tondra voĉo.

Estis kvazaŭ la aero vibris kun ĉiu silabo, sed en bona, afabla kaj milda maniero, ne en timiga, mond-fina maniero.

"Rakontu al ni," diris E-Z.

"Iom pli kviete," sugestis Rosalie. "Mi estas maljuna, sed ne surda, vi scias!"

"Pardonu," diris la voĉo. Ĝi tusetis. Poste flustris, "E-Z Dickens, ĉu vi memoras la elektojn, kiujn ni donis al vi? La du elektojn?"

E-Z sufiĉe bone memoris ilin. Unu estis resti en la silo por ĉiam. La memoroj pri lia familio ripetiĝantaj senfine. La alia estis reveni al sia vivo kun Onklo Sam.

"Jes."

"Diru al mi, kion vi memoras pri la elektoj?" demandis la voĉo.

"Ili diris, ke mi povus resti en la ujo kaj revivi memorojn pri mia familio senfine, aŭ reveni al mia vivo kun Onklo Sam."

"Kaj la animkaptilo? Kio pri ĝi?"

"Nenio," E-Z konfesis kun ŝultrolevado.

La voĉo muĝis – kvazaŭ paroli nun kaŭzis al ĝi doloron. La bretoj ektremis kaj aĵoj POPIS en kaj el la aero hazarde. Unue aperis giganta piklo. La verda objekto turniĝis laŭhorloĝe, poste kontraŭhorloĝe, poste malaperis.

Poste super ili aperis spegula globo. Ĝi ŝanĝis kolorojn dum ĝi turniĝis. Kiam ĝi turniĝis tro rapide, ili timis, ke ĝi kraŝos sur ilin. Ili ekmoviĝis por kaŝiĝi, sed antaŭ ol ili sukcesis, la globo malaperis.

Poste aperis la kapo de klaŭno. Ĝi flosis antaŭ ili, kaj diris, "Kio estas nigra kaj blanka kaj nigra kaj blanka, kaj nigra kaj blanka kaj nigra kaj blanka."

"Sufiĉe!" tondris la voĉo.

"Mi pardonpetas," diris Rafael.

"Vi ja devus!" tremis la unua voĉo. Poste, pli kviete, pli milde, li diris, "E-Z kaj lia teamo devas scii pri Animanekaptoj – ĉion. Alie, ili ne komprenos la kompleksecon de la rompo."

La voĉo paŭzis dum kelkaj sekundoj, poste daŭrigis, " Animo-kaptilo kaptas animojn kiam homa korpo mortas. Ĝi estas senfina ripozejo. Ĉiuj homoj kaj ĉiuj estaĵoj havas ripozejojn. La afero, kiun vi nomis silo, estas animo-kaptilo. Ripozejo por la tuta eterneco."

"Bone," diris E-Z. "Do, kian rilaton tio havas al la fino de la mondo?"

"Mi volas vidi mian Animo-kaptilon," diris Rosalie.

"Se vi kaj viaj amikoj NE FAROS ion, neniu havos Animan Kaptilon. Kiam via korpo mortos, vi MORTO. Tio estas ĉio. Fino. Via animo kaj la animoj de ĉiuj aliaj havos nenien por iri, kaj kiam animo havas nenien por iri, tiam ne plu estas celo. Neniu kialo por ĝia ekzisto. Kaj sen animoj, homoj estas nur viandaj vestoj."

"Atendu momenton," diris E-Z. "Ĉu vi diras, ke la persono respondeca pri la Animkaptiloj. Kion ajn vi nomas ilin – Ĉefdirektoro, Prezidanto, vi komprenas la ideon. Ĉu vi diras, ke ili estis kompromititaj?"

Raphael malfermis la buŝon por respondi, sed E-Z ankoraŭ ne finis paroli.

"Kiel entute funkcias tiu tuta afero pri Animkaptiloj? Mi estis vokita al la mia plurfoje, kaj mi eĉ ne estas MORTINTA. Ĉu vi diras, ke tiuj, kio ajn ili estas, nun povas devigi min en mian Animan Kaptilon laŭplaĉe?" Li hezitis, "Kaj kion vi scias pri Charles Dickens? Li alvenis en spegula ujo, do ne Anima Kaptilo. Kiel lia animo transiris de unu loko al alia? Ĉu lia releviĝo dependas de vi arĥanĝeloj?"

Rafaelo atendis por vidi, ĉu li havas pliajn demandojn.

Li havis.

"Kaj kio pri miaj du plej bonaj amikoj PJ kaj Arden. Kian rolon ili ludas? Ili ambaŭ estas en komato. Mi volas revenigi ilin. Ĉu helpi vin helpos ilin?"

La voĉo en la muro tondris responde.

"Neniu administras Animan Kaptilojn. Ĝi ne estas kiel kompanio starigita por profito. Kiam iu mortas, ties animo estas kaptita, kaj ĝi loĝas en la asignita Animan-Kaptilo."

"Mi ne komprenas," diris E-Z. Poste, "Atendu momenton, ĉu iu aŭ io kaperis la Animan-Kaptilojn? Kaj se la respondo estas jes, tiam mi certe bezonos pli da informoj pri tio, kiuj ili estas, antaŭ ol ni enmiksiĝos. Se vi arĥanĝeloj ne povas venki ilin, kiel do vi atendas, ke ni faru tion?"

La voĉo en la muro diris al Rafael, "Nu, Eriel eraris, kiam li diris, ke ĉi tiu knabo estas stulta kiel briko. Li komprenis ĝin tuj. Bonege, E-Z."

"E-hm, dankon, mi pensas," li diris. "Sed kion precize mi ĝuste komprenis?"

La voĉo daŭrigis. "Tri diinoj ja kaperis la animkaptilojn."

E-Z malfermis la buŝon por paroli, sed antaŭ ol li povis, la voĉo denove parolis.

"Charles Dickens ne alvenis en animo-kaptilo, kiel vi suspektis. Sangoparencoj havas povojn super tempo kaj spaco. Vi alvokis lin. Li venis por helpi vin."

"Mi ne alvokis lin!" diris E-Z.

"Kaj tamen, li revenis kaj li sciis vian nomon kaj volis helpi vin, ĉu ne?"

E-Z kapjesis.

"Kaj responde al via lasta demando, jes, la vivoj de viaj amikoj estas en danĝero pro la tri diinoj."

"Diinoj?" ripetis E-Z. "Kiel en la greka mitologio? Ĉu ili estas realaj? Mi pensis, ke ĉiuj tiuj rakontoj estas fikcio."

"Ili baziĝas sur historiaj faktoj," diris Rafael.

"Ni ne povas batali kontraŭ teamo de mitologiaj diinoj!" ekkriis E-Z. "Ni estas infanoj."

"La riskoj estas multe pli grandaj, se vi ne helpos, ĉar ni havas neniun alian, al kiu peti helpon. Ne ekzistas Batmano, ne ekzistas Spidero-ulo, ne ekzistas realvivaj Superheroo. La solaj herooj estas vi, infanoj. Ĉu vi povas? Ĉu vi helpos? Ni scias, ke por solvi ĉi tiun problemon, ni bezonas korpojn, homojn sur la tero. Homoj kun povoj povas venki. Vi povas venki ĉi tiun, aĵon. Ĉi tiujn aĵojn. Unue, vi povas VIDI ILIN.

Ni ne povas," diris Rafael.

"Mi scias, ke vi bezonas helpon, sed mi ne vidas, kiel ni povus savi la situacion – ne kontraŭ potencaj diinoj. Jes, ni havas povojn, sed kontraŭ kio precize ni batalas? Kio estos atendata de ni? Kiuj estas la danĝeroj por ni? Mi volas diri, vi jam estas mortaj – ni ne. Se ni helpos – kiaj estas la riskoj?"

Li hezitis, kaj kiam neniu diris ion ajn, li daŭrigis.

"Se ni konsentos, ĉu vi povas protekti mian Onklon Sam, lian edzinon Samantha kaj la bebetojn? Ĉu vi povas certigi, ke PJ kaj Arden ne finiĝos mortaj en Animkaptantoj? Kaj kio estas la avantaĝo por ni? Finfine, ni riskus niajn vivojn. Vi ne estas homo, do vi havas nenion por perdi!"

Rosalie interrompis, "E-Z, mi ne vidas, ke vi havas elekton. Vi pravas, estos riskoj kaj mi ankoraŭ ne mortis – sed mi estas maljuna – do la risko por mi ne estas tiom granda. Krome, mi ŝatas la ideon, ke kiam mia vivo finiĝos, estos animo-kaptisto atendanta min."

E-Z kapjesis. "Mi komprenas tion. La ideo, ke miaj gepatroj flosas ĉirkaŭe. Sola. Senhejmeca. Sen animkaptisto. Nu, tio naŭzas min. Tio tiom kolerigas min, ke mi volas spiti. Sed mi ankoraŭ devas paroli kun la aliaj," E-Z ripetis, krucante siajn krurojn. Estis tiel agrable povi fari simplajn aferojn kiel kruci siajn krurojn.

"Vi fariĝas sufiĉe lerta parolanto tie," Lia diris al li en lia kapo.

"Ehm, dankon," li respondis.

"Kiel vi estis tiam," diris la voĉo. "Vingt-kvar horoj. Dume, Rozalio restos ĉi tie kun ni."

"Kiel via gasto," emfazis E-Z.

"Mi fartos bone," diris Rosalie. "Kaj mi restos en kontakto babilante kun Lia. Lia kaj mi amas babili."

Li kapjesis. Kun Lia, per Lia. E-Z ne certis, kion ili sciis kaj kion ne – sed li ne intencis doni al ili ion, kion ili ankoraŭ ne havis.

"Ĝis baldaŭ," li diris, salutante per la mano.

Tiam li denove estis en sia rulseĝo. Li estis vizaĝon kontraŭ vizaĝo kun siaj amikoj. Sed kiel li povus diri al ili? Kiel li povus klarigi?

Finfine li decidis, ke la plej bona ago estas elsputi ĉion. Kaj ĝuste tion li faris.

ĈAPITRO 23

Ŝanĝoj

Kvankam la novaĵo de E-Z ne estis tio, kion ili atendis aŭdi, kaj Alfred kaj Lia havis multon por diri responde.

"Kiom da aŭdaco ili havas!" ekkriis Alfred. "Post tio, kion ili faris al ni. Mi celas, promesi kaj poste perfidi kaj ŝanĝi la planon. Mi, almenaŭ, ne fidas iun ajn el ili eĉ je la plej malgranda grado."

"Tio estas enorma, kaj ĝi koncernas niajn karulojn, kiuj mortis," diris E-Z.

"Kiel do?" demandis Sam.

"Mi ne konas la detalojn. Ĉio, kion mi scias, estas ke ĝi koncernas tri malbonajn diinojn, kies plano estas kapti kaj regi ĉiujn Animan Kaptantojn."

"Tio estas freneza!" diris Lia. "Kial ili volus ilin? Kial fari tiom da peno? Kion ili gajnas per tio?"

"Atendu," diris E-Z. "Mi rakontos al vi ĉion, kion ili diris al mi. Memoru, ke ili mem ankaŭ ne scias certe."

Nu, jen. Ili estas mitologiaj diinoj, kiuj estis revivigitaj. Ilia celo estas regi la Animan Kaptilojn - per ajna ebla rimedo.

"Kaj la maniero, kiun ili elektis por fari tion, estas mortigi homojn. Homojn, kiuj ne estis destinitaj morti! Kaj poste ili metas ilin en Animan-kaptilojn, kiujn ili kaperis. De homoj, kiuj bezonas ilin. Do, iliaj animoj ne havas kien iri."

"Mi ankoraŭ ne komprenas," diris Lia.

"Pensu pri tio jene. Lia, vi, Alfred kaj mi jam estas en niaj Animan-kaptiloj. Malmultaj estas permesataj tien antaŭ ol ili mortas. Mi volas diri, kiu volus esti?"

"Konsentite," diris Alfred.

"Ankaŭ mi," diris Lia.

"Sed kio se mi dirus al vi nun, ke via Animonkaptilo estis plenigita de iu alia – kaj do ĝi ne plu estas via?"

"Homoj eĉ ne scias pri Animonkaptiloj!" ekkriis Alfred. "Plej multaj pensas, ke iliaj animoj iros al la ĉielo (aŭ se ili estas malbonaj, al la fajrejo). Se ili scius, ili ĉagreniĝus pri tio. Sed ili ne scias."

"Jes, oni ne povas sopiri ion, pri kio oni nenion scias," diris Sam. "Nek oni povas batali por io, pri kio oni ne scias."

"Ili diris al mi, ke la animoj de miaj gepatroj povus nun flosi senhejmaj. Tio forte trafis min."

"Ĝuste tial ili diris tion al vi!" diris Sam. "Tio estas pura manipulado."

"Ne, tio estas emocia ĉantaĝo," diris Alfred. "Sed mi komprenas, kial ili diris tion. Se ili dirus al mi la samon pri mia familio, mi volus enmiksiĝi. Mi volas batali kontraŭ tiuj diinoj. Se mi estus koleremulo, mi agus tuj laŭ miaj emocioj. Sed ni devas esti logikaj ĉi tie. Ni devas konservi klaran kapon."

"Kiu fakte estas tiuj diinoj? Kion ni scias pri ili?" demandis Lia.

"Kaj ĉu ni certas, ke la arĥanĝeloj estas sur la ĝusta flanko de tio?" demandis Sam.

"Ili diris, ke eraro de ilia flanko eĉ kaŭzis la okazon de tio – sed ili ne diris al mi precize kiel aŭ kial. Kaj ili ne estis en la humoro por esti prematiaj por informoj – ne pli ol mi jam sukcesis eltiri el ili. Krome, ili kaptis Rosalie-n kaj nia tempo por fari decidon elĉerpiĝas."

"Ĝuste," diris Lia. "Kaj tamen, kiel ni povas decidi, kiam ni eĉ ne scias, kontraŭ kio ni batalas? Ili scias, ke ni estas infanoj. Jes, ni ĉiu havas unikajn povojn – sed ĉu ili sufiĉas? Se la arĥanĝeloj mem ne povas mastri ĉi tiun situacion... kial ili scias, ke ni povos?"

"Tion mi ne povas diri. Mi ja premis ilin diri pli. Se ne estus la voĉo en la muro – ili ne estus dirintaj al mi eĉ tiom, kiom mi eksciis."

"Kiel ili kuraĝas kaŝi informojn de ni!" ekkriis Alfred.

"Mi klarigis tion, kion mi scias. Estas tri el ili. Ili estas diinoj – mitologiaj estaĵoj, kiujn mi pensis ne realaj."

"Ni povas ekscii ĉion, kion ni bezonas scii por armigi nin kontraŭ ili rete," diris Sam. "Sed tio daŭros iom da tempo." Li hezitis. "Tamen, mi ne pensas, ke ni havos multan bonŝancon serĉante informojn pri Animan-Kaptantoj."

"Mi jam provis kaj ne povis trovi ion ajn."

"Kiam vi unue aŭdis pri ili?" demandis Sam.

"La voĉo en la muro implicis, ke oni jam antaŭe diris al mi pri ili, sed ĉiufoje, kiam mi provas memori, estas kvazaŭ muro blokus la informon."

"Ŭaŭ! La precize sama afero okazas al mi," diris Lia. "Tio estas tiel stranga."

E-Z ekrigardis la horon sur sia poŝtelefono. "Nu, mi donis al vi ĉiuj multon por pripensi. Ni havas ĝis la mateno por fari firman decidon... sed mi ne pensas, ke ni havas ian elekton krom konsenti helpi ilin. Mi volas diri, se ni ne faros tion, tiam kiu?"

"Mi pensis la samon," diris Alfred. "Sed mi ankoraŭ ne ŝatas la manieron, kiel ili agis."

"Ankaŭ mi," diris Lia. "Mi iras dormi. Bonan nokton al ĉiuj. Ĝis morgaŭ." Ŝi fermis la pordon post si.

"Ĉu vi bezonas ion?" demandis Sam.

"Ne, mi fartas bone. Bonan nokton, Onklo Sam."

"Bonan nokton, E-Z. Mi devas diri al vi, kiel fiera mi estas pri vi, kaj kiel fieraj estus viaj gepatroj."

"Dankon."

"Kaj bonan nokton, Alfred," diris Sam, malfermante la pordon.

"Bonan nokton," diris Alfred, poste li komforte kuŝiĝis, metis la kapon sub sian flugilon kaj ekdormis.

E-Z, nekapabla dormi, fikse rigardis la plafonon kun la manoj malantaŭ la kapo. Li faris kelkajn ventroleviĝojn, poste turniĝis sur la flankon, esperante ekdormeti. Anstataŭe, li ekvidis du lumojn, unu verdan kaj unu flavan, flosantajn al li.

"Ĉu vi vekiĝas?" demandis Hadz.

"Ne," diris E-Z kun mokrido, sidiĝante.

"Ni ne devus paroli kun vi," diris Reiki, "sed ni devas paroli kun vi, do vi devas diveni, kion ni ne devus diri al vi."

"Diveni? Serioze? Ĉu vi povas doni al mi indikon... vi scias, limigi la eblojn por mi, eĉ iomete?"

La aspirantaj anĝeloj flustris unu al la alia. Ili ŝajnis malkonsenti, dum Hadz flugis al unu flanko de la ĉambro kaj Reiki al la alia.

"Bone, mi iras dormi. Kiam vi eltrovos ĝin, vi povas diri al mi matene."

Li ekdormetis, poste vekiĝis. Li estis en sia seĝo kaj flugis tra la ĉielo. Li alligis sian sekurzonaĵon. "Kio la?"

"Ni decidis, ĉar ni ne povis mallarĝigi la elektojn por vi. Aŭ diri al vi, kion vi bezonas scii. Por fari informitan decidon... Ke ni anstataŭe MONTRUS AL VI. Do, sekvu nin."

Dum la nuboj rapide preterflugis kaj la pura sed malvarmeta nokta aero plenigis liajn pulmojn, E-Z sentis sin pli viva ol li sentis sin de iom da tempo. Iasence li sopiris esti vokita por la provoj por helpi kaj savi homojn, kiuj estis en danĝero.

De kiam li ĉesis labori kun la Erieloj, li ne sentis sin tre superheroo. Certe, li savis katon, kiu estis blokiĝinta sur arbo. Kaj li malhelpis, ke basbala pilko frakasu valoran vitralan preĝejan fenestron.

Sed la plejparto de lia ĉiutaga vivo estis pensado pri la estonteco. Planado fini la mezlernejon en la plej bona pozicio por ricevi stipendion. Por eniri la plej bonan kolegion aŭ universitaton, kiun li povus atingi.

Onklo Sam kaj Samantha planis por la nova bebo. Ili tenis sekreta, ĉu la bebo estas knabo aŭ knabino, kaj neniu rajtis eniri la novan ĉambron de la bebo. E-Z trovis strange esti dek kvin-jara kaj baldaŭ fariĝonta onklo, sed li antaŭĝojis pri tio.

Kaj Lia bone sukcesis en la lernejo, ŝi adaptiĝis, kvankam ŝi saltis de la aĝo de sep al dek du jaroj en du paŝoj dum relative mallonga tempo. Kio ajn maljuniigis ŝin ŝajnis ĉesi, kaj nun ŝajnis, ke ŝi enamiĝis al PJ. Ŝi certe plenkreskiĝis, kaj li ridetis pensante pri kiom ordonema ŝi fariĝis. Tio memorigis lin pri la Unukorna Little Dorrit. Ili ne vidis ŝin ekde la procesoj. Eble la arĥanĝeloj sendis ŝin por helpi Lian kiam ili ĉiuj estis konektitaj. Poste venis lia kuzo Charles Dickens. Kaj PJ kaj Arden estis blokitaj en komatoj – kaj neniu sciis, kiel eligi ilin el tio. Alfred tenis sin okupata, ĉirkaŭ la domo. De kiam li alvenis, Onklo Sam ne bezonis tondi la herbon tiel ofte.

Li denove rememoris la du procesojn, en kiuj li trovis similecojn. Tiun kun la knabino vestita kiel plur-luda rolulo. La alian kun la knabo, al kiu oni diris mortigi E-Z-on por savi la vivojn de sia familio. Ili estis konektitaj. Eriel pravis. Li nur devis eltrovi precize kion tio signifis.

"Ĉu ni jam preskaŭ alvenis?" li demandis, rimarkante kiom malvarme fariĝis. Ili moviĝis rapide, proksimiĝante al la Nacia Parko Death Valley, en la Dezerto Mojave. Estis decembro, unu el la plej malvarmaj monatoj de la jaro por la dezerto nokte, kaj li deziris, ke li estus kunportinta sian kapuĉpuloveron. Estis tiel mallume, ke la steloj ŝajnis milionoble pli brilaj. Kiel okuloj en la ĉielo kun apenaŭ fingro-larĝa interspaco inter ili, aŭ almenaŭ tiel ŝajnis.

La trejnataj anĝeloj ne respondis. Ili malsupreniris kelkajn futojn, poste daŭrigis flugi antaŭen kun plena rapideco.

"Bonege!" li diris. "Sciigu min, kiam ni surteriĝos. Mi ja dezirus havi vojaĝagenton, kiu dirus al mi, kion mi vidas."

"Uzu vian poŝtelefonon," flustris Lia kaj Alfred. Poste ili silentis.

Ili plu flugis, super la Baseno Badwater, la plej malalta punkto en Nordameriko. Ĝi ricevis tiun nomon, ĉar la akvo estas malbona – tial nedrinkebla pro troa salo. Sed iuj sovaĝaj bestoj kaj plantoj povas prosperi en la areo, kiel ekzemple la piklherbo, insektoj kaj helikoj.

Ili plue flugis en la Valon de la Morto, dum E-Z observis la terenon kaj provis ne pensi pri sia soifo.

"Ĉu ni jam alvenis?" li denove demandis, dum nigra birdo flugis super lia kapo kaj faligis fekaĵon antaŭ ol daŭrigi sian vojon. "Bonvenon al la Valo de la Morto," li diris, viŝante ĝin per la dorso de sia maniko. Li rapidis por atingi Hadz kaj Reiki.

ĈAPITRO 24

VALORO DE MORTO

"**R**APIDU!" DIRIS HADZ KAJ Reiki. "Ni preskaŭ atingas Rhyolite."

Li antaŭenpuŝis sin, atingante ilin. "Kaj kio precize estas en Rhyolite?"

"Iom da fono," diris Hadz. "Ĉu vi ne jam aŭdis pri ĝi?"

E-Z skuis la kapon. Li lernis pri la Granda Kanjono en la lernejo, ĉefe pri tio, kiel ĝi formiĝis. Hadz daŭrigis, "Riodacito iam estis floranta urbo dum la Ora Fervoro en 1904. Tamen ĝi ne longe daŭris, en 1924 ĝia lasta loĝanto mortis, kaj ĝi fariĝis fantomurbo."

"Kion signifas la vorto riodacito?"

Reiki respondis, "Ĝi estas acida vulkana roko – la lava formo de granito. Ĝin nomis geologo nomita Ferdinand von Richthofen en 1860. Ĝia origino estas greka, el la vorto rhyax, kiu signifas lavan fluon."

"Do, la urbo spertis grandan orfebron kaj oni nomis ĝin laŭ vulkana roko?" Li hezitis. "Mi kredas, ke mi memoras ion el la leciono pri vulkana agado."

"Tio ĝustas," diris Hadz. "Datante de antaŭ du milionoj da jaroj."

"Do, ĉi tiu leciono estas interesa kaj ĉio – sed mi ankoraŭ tute ne komprenas, kial ni direktiĝas al Rhyolite."

Reiki elparolis, "Ĉar ĝi estas la ĉefsidejo de la ribeluloj."

"Tiuj, kiuj konkuras pri la regado de la Animan-Kaptiloj."

"Kiuj ili estas precize, kaj kiel ni povas haltigi ilin? Kiam mi diras ni - mi celas ni mem, La Tri. Ĉar Eriel kaj Raphael tenas Rosalie-n kaj, cetere, la tempo elĉerpiĝas. Ili donis al ni nur dudek kvar horojn por reveni al ili."

"Ŝŝ," diris Hadz. "Ili havas eksterordinaran aŭdkapablon, kaj la vento povus porti niajn voĉojn reen al ili kiel flustrojn. De nun pluen ni parolos nur per niaj mensoj."

E-Z demandis, uzante sian menson, "Kio okazos, se ili ekscios, ke ni estas ĉi tie? Mi volas diri, ĉu ili ne povos vidi nin?"

"Hadz kaj mi ne estas homaj, do ni estas ekster ilia radaro. Vi, tamen, ne estas, tial ni ŝirmis vin."

"Bonege! Estas nevidebla protekta ŝildo ĉirkaŭ mi – jen utila informo por mi scii."

En la malproksimo li povis vidi la Nigrajn Montojn. "Mi vetas, ke kiam la suno bakas la varmegon sur tiujn montojn, oni povus friti ovon sur ili." Li hezitis, "Kaj kio pri tiu birdo, kiu fekis sur min? Ĉu la fiuloj povus esti sendintaj ĝin, por serĉi nin?"

Hadz kaj Reiki skuis la kapojn. "Ni vidis la birdon. Ĝi estis korvo – konata kiel portanto de mesaĝoj el la ĉielo."

"Bone, juste. Mi ne pensis, ke ĝi aspektas kiel korvo. Diru al mi, kio kaperis la animkaptilojn kaj kion ni devos fari por venki ilin." Li hezitis, "Kaj kio rilatas al la reenkarniĝo kiel juna knabo de Charles Dickens?" Li denove hezitis. "Ankaŭ, ĉu Lia ricevos transporton? Ĉu la unukorna Little Dorrit revenos se/kiam ni konsentos helpi vin?" Tio estis multe da parolado. Li soifis kaj deziris, ke li estus kunportinta botelon da akvo.

POP.

Unu aperis. Li englutis ĝin post kiam li diris "Dankon," al neniu.

Reiki demandis, "Ĉu vi iam aŭdis pri Eriniceoj?"

E-Z skuis la kapon.

"Ankaŭ konataj kiel la Furioj," diris Hadz.

"Mi tute ne scias, kio estas ambaŭ... sed mi havas malklaran memoron pri io el ludo, eble?"

"Ili estas kolektive konataj kiel la Diinoj de Venĝo."

"Rakontu pli. Kontraŭ kiuj ili venĝas?"

"Nu, kontraŭ la tuta homa raso!" ekhufis Hadz.

"Miaj amikoj kaj mi parolis pri tio pli frue. La plej multaj homoj ne scias pri Animmalkaptistoj. La plej multaj kredas, ke ni havas animojn. Animojn, kiuj iras aŭ al la ĉielo aŭ al la infero – depende de la elektoj, kiujn ni faras en niaj vivoj."

"Jes, ni konscias pri tio," diris Hadz.

"Do diru al mi," demandis E-Z. "Kie estas Dio en ĉio ĉi? Dio aŭ Jesuo, Alaho, Budho... kiel ajn vi konas lin. Kie li estas?"

Hadz kaj Reiki rigardis antaŭen sen respondi.

"Bone, mi komprenas, ke vi ne povas respondi tiun demandon. Respondu al mi ĉi tiun anstataŭe. Kial la diinoj punas homojn per io, pri kio ili eĉ ne konscias? Mi komprenas, ke ili estas malbonaj, sed tio tamen sonas ridinda."

"La infanoj," diris Hadz.

"Ili punas la nepunitojn. Sed..."

"Ha, mi atendis 'sed'... Daŭrigu."

"La Furioj misuzas siajn povojn. Ili puŝas la limojn. Ili celas senkulpulojn. Senkulpajn infanojn, kiuj ludas ludon."

"Atendu, ĉu vi volas diri, ke infanoj ludantaj ludojn estas punataj pro aferoj, kiujn ili faras ene de la ludo? Sed ludado ne estas reala! Kiel ili povas esti punataj en la reala vivo pro io, kio ne estas reala?"

"Mi scias tion, kaj vi scias tion, sed, por la Furioj, ĉio estas la sama. Se en ludo por mortigi iun, oni trapasas la saman pensprocezon, kiun havus murdisto. Ĝi implikas planadon, kun intenco mortigi kaj poste efektivigi tion. En iuj kazoj, amasmortigoj estas implikitaj. Kaj jes, ĝi estas senkulpa, kaj oni petas ilin fari tiujn aferojn por progresi en la ludo. Por La Furioj, la infanoj estas la nepunitaj kaj ili estas facile atakeblaj kiam ili estas ene de la ludo."

"Atendu momenton!" ekkriis E-Z. "Kion precize vi diras ĉi tie? Mi pensas, ke mi komprenas la esencon, kiel la Animan-Kaptiloj rolas, sed la ideo estas tiel malbona... Mi eĉ ne volas pensi ĝin, des malpli diri ĝin."

"La Furioj venĝas sin je la ludantoj. Tiuj, kiuj pekis en siaj koroj," diris Reiki. "Ili ne devus morti! Iliaj

Animan-Kaptiloj ne pretas akcepti iliajn animojn kaj do..."

"Ili havas nenien por iri," diris Hadz.

"Kaj la Furioj amasigas ilin ĉi tie, kreante sian propran tribon de Animoj. Ili stokas la animojn de la infanoj en ŝtelitaj Animo-Kaptiloj."

"Tio kreas kaoson," diris Hadz.

"Do, vi infanoj devas helpi."

"Atendu momenton!" diris E-Z. "Atendu diable momenton!"

ĈAPITRO 25

KVAR OKULOJ

"**H**O, HO," KRIIS HADZ, dum malhela nubo rapide moviĝis trans la ĉielon kaj direktiĝis al ili.

"Ili ne povis penetri la protektan ŝildon!" ekkriis Reiki.

E-Z ekrigardis super sian ŝultron. Kion li vidis estis nigra io, kio ne estis nubo. Ĉar ĝi estis serpenteca. Kun forklingo lekanta la aeron. Anstataŭ du okuloj, ĝi havis multajn okulojn. Tro multajn por nombri. Ĉiu kun sango gutanta malsupren. Sango kaj fumanta flava puto.

La lango de la estaĵo moviĝis de dekstre maldekstren, farante vipecan sonon, dum ĝiaj makzeloj klakis malfermiĝante kaj fermiĝante. Kaj el ĝia gorĝo venis grumblanta sono, kiu alternis inter kriego kaj zumado.

Kun la vento malantaŭ ĝi, plej abomena fetoro plenigis la aeron kaj baldaŭ atingis la naztruojn de E-Z, Hadz kaj Reiki.La odoro estis plej abomena. Pli malbona ol sulfuro. Aŭ putraj ovoj. Pli malagrabla ol septika likvaĵo kaj putrantaj kadavroj kune.

La tri supreniris pli alte, por ke ili povu vidi preter kresto, kiun ili antaŭe ne rimarkis. Malantaŭ ĝi, estis arĝentaj ujoj. Animo-Kaptiloj. Kiom ajn la okulo povis vidi.

"Tiom multaj! Ĉu ĉiuj tiuj estas plenaj je infanoj? Ho, ne!" diris E-Z naztone, ĉar li ankoraŭ ŝtopis sian nazon. Kvankam li ankoraŭ povis flari la fetoron.

PŬ!

Ili evitis ŝprucon da glueca flava pustaĵo.

"Kio diable estas tio?" ekkriis E-Z.

Malsupre videblis giganta okulglobo. Ĝi estis fermita. Kaŝita.

PŬ!

PŬ!

PŬ!

"Ho ne!" ekkriis E-Z. "Okul-muko!"

Ĝi pafis al ili sian varman, gluan likvaĵon.

"Kaptu!" kriis Hadz kaj Reiki.

Ĉiu kaptis unu el la oreloj de E-Z.

"Aaaaa!" li kriis.

PTOOEY.

E-Z evitis tiun mukon, sed ĝi preskaŭ trafis lian rulseĝon.

FIZ.

POP.

POP.

E-Z denove estis en sia lito. Gutoj de ŝvito gutis de lia frunto.

Dume Alfred daŭre ronkis ĉe la piedo de la lito.

"Tio estis iom tro proksime por komforto!" diris E-Z. "Ĉu ili trapenetris la protektan ŝildon? Ĉu ili vidis nin? Ĉu ili scias, kiu mi estas, kie mi loĝas?"

"Ne, ni eliris de tie antaŭ ol ili povis trapasi," diris Reiki.

"Eble ĉi tio estas stulta demando, sed kial vi ne simple POP-igis nin tien kaj reen de la komenco. Anstataŭ perdi tempon flugante la tutan vojon tien – kaj endanĝerigante niajn vivojn?"

"Ni devis MONTRI al vi."

"Antaŭ la batalo… Kion ili nomas ĝin…" Ĉu vi celas 'rekonon'?" demandis E-Z.

"Jes, ĝuste. Ni devis montri al vi. Vi devis vidi ĝin, per viaj propraj okuloj. Ĉion. Kontraŭ kio vi batalas," diris Hadz.

"Ni supozis, ke tio, kion vi lernos, valoros la riskon."

"Mi supozas, ke la tempo diros," diris E-Z.

"Pardonu, se ni iris tro malproksimen," diris Hadz.

"Ni vere havis vian plej bonan intereson en la koro."

"Mi scias, ke vi faris. Kaj mi ĝojas, ke mi vidis la Animan Kaptantojn. Kiom da ili estis – tio vere ŝokis min."

"Jes, tio ŝokis ankaŭ nin. Kaj vi povas esti certa, ke tio ŝokis ankaŭ la arĥanĝelojn. Kiam ili unue vidis ĝin."

"Vi ne devus esti dirinta tion," diris Reiki.

POP.

Hadz malaperis.

"Ho, nun estas bone," diris E-Z.

"Ne gravas."

"Mi ankoraŭ ne povas eltrovi, kion la Furioj profitas el tio? Kio estas ilia fina celo? Ĉu iu jam eltrovis tion?"

"Ili aldonas pli ĉiutage. Pli da infanoj ludantaj, sorbiĝantaj en ilian reton."

"Sed kial ne estas publika indigno? Ĉu ni ne devus informi mondajn gvidantojn, Prezidantojn, Ĉefministrojn? Ĉu ne estas io, kion ili povus fari?"

"Pripensu, kion unue ili farus? Ili sendus la armeon. Pli da homoj mortus. Pli da Animmalkapantoj estus bezonataj antaŭ sia tempo. Ludado, laŭ tio, kion ni observis, estas tutmonda fenomeno. La malbonaj fratinoj kaptas la animojn de nesuspektantaj infanoj."

"Sed la plej multaj gvidantoj havas siajn proprajn infanojn," diris E-Z. "Certe, se ili scius, ili volus protekti siajn infanojn kaj ili volus protekti ankaŭ aliajn infanojn."

"Pli kiel la Furioj celus iliajn infanojn. Estus kvazaŭ balanci bastonon antaŭ ili," diris Reiki.

POP.

Hadz revenis. "Ili tre ŝatus povi detrui la grandajn kaj potencajn infanojn. Nuntempe, tio, kion ili ŝajnas fari, estas hazarda – elektita ene de la ludo," diris Reiki.

"Rakontu al mi pli pri tio, kion vi scias pri ili," demandis E-Z.

Hadz flustris, "Iliaj nomoj estas Allie, Meg kaj Tisi. La venĝo de Allie estas pro kolero, tiu de Meg pro ĵaluzo kaj Tisi estas konata kiel la venĝantino."

"Bone, do, kial ili tiom malbonodoras? Kaj kiel eblas venki la triopon?" demandis E-Z, rigardante sian horloĝon. Estis preskaŭ la oka matene. Li bezonis paroli kun la cetero de la bando, por ricevi Rosalie.

Kiel li rakontos al ili pri tiu terura triopo kaj ĉiuj infanoj en tiuj Animmalkaptiloj?

"La legendo diras, ke ili estis punitaj pro sia laboro, en la pasinteco. Nun ili trovis ĉi tiun truon en la sistemo per Virtuala Realeco, sufiĉe nova homa inventaĵo." Hadz hezitis. "Kial homoj neniam volas vivi siajn vivojn en la nuntempo? Kial ili devas eskapi kaj ludi stultajn ludojn, kiuj endanĝerigas iliajn vivojn?"

La aspiranta anĝelo estis vizaĝruĝa kaj treege kolera. Reiki provis konsoli sian amikon, dirante, "Ili ne scias, kion ili faras."

"Nescio ne estas ekskuzo," diris E-Z. "Ni devas sendi ilin reen al kie ajn ili estis antaŭ ol VR estis inventita. Kaj ni bezonas, ke ili redonu la animojn de la infanoj, kiujn ili prenis sub falsaj pretekstoj. La sola demando estas, KIEL ni devas konvinki ilin, ke ili agas malbone? Ke ili ŝtelas vivojn kaj punas homojn pro pensoj, ne pro faroj? Nun, kiam mi ekvidis la Furiojn, mi scias, ke ni devas helpi vin pli ol iam ajn. Sed mi ankoraŭ devas konvinki la aliajn. Eĉ se ili konsentos, ni ankoraŭ batalas kontraŭ la probabloj. Mi volas esti optimisma. Ni diru, ke ni kapablas al la tasko. Sed ni ne scios certe, ĝis venos la tempo por batali."

Li pugnobatis sian kusenon kaj tenis ĝin sur sia genuo. "Atendu momenton, ĉu ili mortis? Mi volas diri, ĉu la Furioj eskapis de siaj propraj Animan-Kaptiloj? Kaj se jes, kiel? Kiu helpis ilin eskapi?"

Hadz rigardis Reiki-n kaj Reiki rigardis Hadz-on.

POP.

POP.

Ili malaperis.

"Bonege!" diris E-Z. "Simple freneze bonege!"

ĈAPITRO 26

EKVILIBRO

Kvankam li provis dormi, E-Z ne povis. Li daŭre pensis, farante al si demandojn. Demandojn, kiujn li ne povis respondi.

Do, li ellitigis sin kaj ekklakis sian komputilon kaj iom esploris.

Li baldaŭ trafis oran ŝancon. Kiam li trovis ligilon pri La Furioj kaj la Tri Gracioj. Ili ŝajnis esti kiel la jino kaj jango unu de la alia. Unu bona, unu malbona. Li scivolis, ĉu ili povus uzi ĉi tiun informon por sia avantaĝo. Se malbonaj diinoj povus esti alportitaj al la tero, ĉu bonaj diinoj povus esti revokitaj ankaŭ?

Unue, antaŭ ol li sugestus, ke la arĥanĝeloj revoku ilin – kondiĉe ke ili povus fari tion. Li volis scii precize, kion la Gracioj alportus al la tablo.

Jes, ili estis diinoj. La filinoj de Zeŭso, kiu estis la dio de la ĉielo. Iliaj povoj estis direktitaj al ĉarmo, beleco kaj kreemo. Li plu legis, sed ne povis vidi, kiel ili multe helpus kontraŭ la Furioj.

Tamen, li havis iom da tempo, do li daŭrigis legadon. Li legis iun tekston atribuitan al Nietzsche. Liaj teorioj pri bono kaj malbono ankoraŭ estis diskutataj kaj debatataj en forumoj.

Tiam memoro aperis en lia kapo. Tio okazis malpli ofte, ke memoroj pri liaj gepatroj revenis al li. Li esperis, ke ili neniam ĉesos.

Ĉi tiu estis konversacio kun lia patro. Pri la Tri Leĝo de Newton. Ili veturis per boato kaj fiŝkaptis.

"Tiel fiŝo moviĝas tra la akvo," klarigis lia patro.

Ekde tiam, li lernis pli pri ĝi en la lernejo. Li pensis, ke Newton kaj Nietzsche havus sufiĉe interesajn konversaciojn. Sed iliaj vivoj estis milojn da jaroj for unu de la alia.

Tiam li ekkomprenis. Li, Lia kaj Alfred estis la polusa kontraŭo de La Furioj.

Ĉu la arĥanĝeloj jam sciis tion? Ĉu tial ili ŝajnis tiel insistaj, ke nur li kaj lia teamo povus venki La Furiojn?

La demando, kiu tamen daŭre kuris tra lia menso, estis – ĉu ili povus venki?

Ĉu eĉ eblis haltigi la Furiojn?

Li devis diskuti tion kun la aliaj.

Li malŝaltis sian komputilon kaj reiris dormeti iom antaŭ ol la aliaj vekiĝos.

Ĉiuj atendis, ke li havu ĉiujn respondojn. Li ne havis ilin, sed li faris sian eblon. De kiam li fariĝis gvidanto, la vivo estis tia.

ĈAPITRO 27
Ruĝa Ĉambro

E-Z ESTIS EN RUĜA ĉambro. Ĉambro, kiu odoris je sango. La forta fera odoro pikis lian nazon kaj li kovris ĝin per sia mano, poste paŝis antaŭen kelkajn paŝojn. Liaj paŝoj lasis spurojn sur la sanga planko. Kie li estis? En infero? Almenaŭ li povis kuri ĉi tien, sed kien? Ne estis pordoj. Neniuj fenestroj. Nenia lumo, kaj tamen, li povis vidi, ke ĉio estis ruĝa. Kaj malseka.

Li elprenis sian poŝtelefonon kaj aktivigis la poŝlampan aplikaĵon. Per la lumfasko de la poŝlampo li sekvis la murojn ĉirkaŭ si. Ili ĉiuj estis samaj. Sangaj kaj gutantaj. Kaj fetoraj. Li atendis. Voki helpon ne ŝajnis saĝa afero. Eble estus pli bone, se kio ajn venigis lin al ĉi tiu loko ne venus por renkonti lin. Li preferus ne renkonti ilin. La poŝlampa lumfasko malŝaltiĝis kaj lia poŝtelefono mortis.

Timante moviĝi, li staris tute senmova kaj aŭskultis.

Rampanta io. Glitanta laŭ la planko. Unu malsupreniris laŭ la muro dekstre kaj alia maldekstre. Tri. Serpentoj.

Tiam la aero en la ĉambro ŝanĝiĝis, kaj konata odoro. Putra. Ova. Sulfura. De putra kadavro.

Li kovris sian nazon. Kiel antaŭe, tio ne maskis la abomenan fetoron.Li atendis.

Do, ili volis lin sola. Ili kaptis lin. Li certigus, ke ili bedaŭros tion, eĉ se tio estus la lasta afero, kiun li iam ajn farus.

"Ni povus manĝi vin por matenmanĝo," kriis Tisi.

"Aŭ tagmanĝo," diris Alli. "Mi ja estas iom malsata."

"Aŭ posttagmeza teo, ne estas multe da li. Ne por tri el ni," diris Meg.

E-Z koncentris ĉiun fibron de sia estaĵo sur siajn flugilojn. Ili estis lia sola espero por eskapi kaj ili estis senutilaj.

"Rigardu!" kriegis Meg. "Li provas uzi siajn et-etajn flugilojn."

Tisi kaj Alli leviĝis. Meg aliĝis al ili dum ili flosis ĵus ekster lia atingo.

Sub liaj piedoj, la planko tremis kaj bruegis. Kvazaŭ ĝi intencus malfermiĝi kaj engluti lin. Li retropaŝis, por subteni sin kontraŭ la muro. Sed kiam li tuŝis ĝin, lia ĉemizo sentiĝis malseka. Kaj kiam li metis sian manon sur ĝin, ĝi revenis kovrita de sango.

"Mi ne timas vin, vi tri aĉulinoj!" li kriis.

"Eble vi ankoraŭ ne timas nin," Meg kriis.

"Sed vi tre baldaŭ timos," Tisi siblis.

"Por nun, vi povas okupiĝi pri ĉi tiuj tri," flustris Meg, kaj ŝia fetora spiro preskaŭ igis lin vomi.

La tri serpentoj, profitante sian superecon pro la alteco, saltis al li. Iliaj bifiĝaj langoj siblis kaj ŝprucis. Tiam ili komencis envolvi sin unu ĉirkaŭ la alia. Kunfandiĝante, interplektiĝante. Ĝis ili fariĝis unu giganta serpento, kun tri kapoj kaj tri vipoj. Vipoj, kiuj krakis en la direkto de E-Z por teni lin surloke.

Li puŝis sin pli malantaŭen. La sono de la ŝlima sango malantaŭ li iel donis al li konsolon. Lia korpo malstreĉiĝis dum lia dorso sinkis en la angulon kontraŭ la sange gutanta muro.

"Rigardu lin," diris Tisi. "Li estas nur knabo kaj li faris nenian malbonon al iu ajn. Fakte, li estas tiel bona knabeto, ke estas domaĝe, ke ni devas detrui lin."

"Jes, lia koro estas pura," diris Meg. "Sed li havas nigran makulon sur sia koro. Makulon de venĝo, kiun li volus preni kontraŭ tiuj, kiuj respondecis pri la mortoj de liaj gepatroj."

"Ne parolu pri miaj gepatroj!" kriis E-Z, puŝante sin pli profunden en la sangan muron. Li timis. Li timis, ke tio, kion ili diris, estis vera. Li fermis la okulojn. Se li ne povus vidi ilin, eble ili foriros. Tiam io malantaŭ li cedis. Kaj li ekiris en liberan falon, malantaŭen. Ruliĝante. F alante.

BUM.

Li alteriĝis en sian rulseĝon, kaj ili forflugis.

Reen en la Ruĝan Ĉambron, la Furioj estis furiozaj!

"Postkuru lin!" kriis Tisi.

"Kaptu lin!" kriis Meg.

"Jam estas tro malfrue!" diris Alli. "Estas kvazaŭ li malaperis!"

"Ni revenu al la Valo de la Morto," diris Meg. Ili foriris, lasante la Ruĝan Ĉambron malplena. Sed ilia fetoro ankoraŭ restis.

BUM.

"Vi sangas," diris Sam. "Ni enportu lin en la banĉambron. Ni vidos, kiom grave li vundiĝis." Sam puŝis la rulseĝon al la pordo.

"Ne, ĉesu!" diris E-Z. "Mi fartas bone. La sango ne estas mia. Sed mi bezonas puriĝi. Por forlavi la fetoron. Tiam mi klarigos, kio okazis. Mi promesas."

"Se nur vi certas, ke vi fartas bone," diris Sam.

Post kiam li foriris, Sam, Lia kaj Alfred ne povis elpensi ion por diri unu al la alia. Ili atendis silente, ke li revenu.

En la banĉambro, E-Z poziciigis sian rulseĝon sur la ramplon. Kiam oni rekonstruis la domon, Onklo Sam inventis novan duŝejon por li. Ĝi donis al li pli da sendependeco. Kaj ĝi estis amuza! Simila al aŭtolavado.

Li etendis supren la brakojn kaj metis ilin kaj la kolon tra la rimenoj. Li premis butonon por moviĝi antaŭen, kaj lia seĝo sekvis. Tuj la akvo ekfluis, samtempe purigante lian korpon kaj liajn vestojn. De tempo al tempo duŝa ĝelo aŭ ŝampuo ŝprucis, sekvata de akvo por forlavi ĝin.

Nun, kiam li estis pura, li daŭrigis moviĝi antaŭen kaj aktivigis la sekigan mekanismon. Ĝi sekigis lin kaj liajn vestojn kaj senkrespigis ilin en minutoj.

Kiam li atingis la finon, li malkonektiĝis de la rimenoj, kaj malleviĝis en sian seĝon. Li rigardis sin en la spegulo. Lia hararo jam aspektis tiel bona, ke li eĉ ne bezonis kombi ĝin. Li reiris al sia ĉambro. Kiam li vidis siajn amikojn, lia stomako ekturniĝis, kaj li vomis.

"Pardonu," li diris. "Tiel bedaŭrinde."

Lia kaj Alfred ĉirkaŭprenis lin. Ili ne zorgis pri la vomitaĵo. Devotaj amikoj ne zorgas pri tiaj aferoj.

Sam iris preni pelvon kaj iom da akvo, por purigi sian nevon.

E-Z estis danka pro la helpo, kaj tio donis al li tempon por pripensi, kion li diros kaj kiel li diros tion.

"Dankon, Onklo Sam. Ehm, mi devas diri al vi ion. Tio ne estas agrabla."

"Daŭrigu," diris Alfred.

"Ni estas ĉi tie por vi," diris Lia.

"Sidiĝu, Onklo Sam."

Ili aŭskultis ĉion sen diri vorton.

"Mi estas en," diris Alfred.

"Ankaŭ mi," diris Lia.

"Ankaŭ mi," diris Sam.

"Interkonsentite," diris E-Z. Kaj post sekundo, li reiris al la blanka ĉambro. Aŭ almenaŭ tien li esperis iri.

Iu ajn loko estis pli bona ol la ruĝa ĉambro. Tute iu ajn loko.

ĈAPITRO 28
La Blanka Ĉambro

LA BLANKA ĈAMBRO ŜAJNIS iel malsama, kiam liaj piedoj tuŝis la teron.

E-Z sentis sin tiel feliĉa, esti reen en la komforto de la blanka ĉambro. Kie li povis ĉirkaŭpromeni. Tuŝi la librojn. Flarumi la librojn. Sed io sentis sin stranga. Malsama.

Li sin stabiligis. Rimarkis, ke liaj manoj tremis. Liaj genuoj tremis. Nun liaj dentoj klaketis.

Li ĉirkaŭbrakis sin, dezirante, ke li estus kunportinta sian jakon. Li atendis, atendante ke iu alvenos. Tio ne okazis.

"Kio estas ĉi tiu loko?" li demandis.

Neniu respondo.

"Ĉizburgeron, kun terpomfingroj," li diris.

Nenio.

"Ĉop-suejon, kun ovrotulo," li diris, pli aŭtoritate.

"Mi postulas scii, kie mi estas!" li kriis.

Nenio.

Nenio ajn.

"Rosalie?" li vokis. "Ĉu vi estas tie? Eriel? Raphael? Iu ajn? Hadz? Reiki?"

Denove nenio.

Eĉ ne afabla

PFFT

por trankviligi lin.

La konateco de la libroj estis la solaj ankriloj, kiuj tenis lin en ĉi tiu loko. Li sin direktis al la ŝtupetaro, movis ĝin sub la D-ojn. Atendante trovi Charles Dickens, li komencis grimpi. Anstataŭe, li trovis, ke ĉiu libro, kiun li tuŝis, rilatis al la videoluda mondo.

Kio diable?

Kaj neniu el la libroj havis flugilojn. Ili ĉiuj estis tute novaj. Kvazaŭ neniu malfermis ilin antaŭe.

Li preskaŭ falis de la ŝtupetaro, kiam voĉo diris,

"E-Z Dickens – ĉi tio ne estas la blanka ĉambro, kiun vi konas. Ĝi estas kopio. Oni sendis vin ĉi tien por esplori. Ĉiu libro, kiun vi bezonas, estas je via dispono. Ĉiu libro devas esti plene legata kaj recenzata."

"Mi ne povas rapide legi ĉiujn ĉi librojn; necesus al mi jaroj por tralegi ilin ĉiujn!"

"Tial vi ricevos plian povon. Povon, kiu realiĝos nur ene de la muroj de ĉi tiu ĉambro. Legu nun. Rapide. Furioze. Memorigu ĉion."

Kiam tiu voĉo ĉesis, alia komenciĝis,

"Dek, naŭ, ok, sep, ses, kvin, kvar, tri, du, unu. Nun, legu E-Z Dickens. Daŭrigu."

E-Z rapidege tralegis ĉiun libron.

Kiam li finis unu, alia tuj falis en liajn manojn. Poste alia, kaj ankoraŭ alia.

Li legis ilin ĉiujn, ĝis li ne plu povis legi.

Li esperis, ke lia kapo ne eksplodos!

Tiam li falis kontraŭ la muron, retiriĝis en angulon kaj ploris, dum plano formiĝis en lia menso.

La ideo venis al li, kiam li pensis pri PJ kaj Arden. Kial La Furioj komatosigis ilin anstataŭ Animo-Kaptistoj? Ili estis en la ludo – ili ĉiam ludis, kial ne mortigi ilin?

La plano estis jena: Li kaj lia teamo inventus sian propran multludantan ludon. Sam konus homojn, kiuj povus helpi en la industrio. Kiam La Furioj svingus en por postuli iliajn animojn – ili venkus ilin.

Li deziris, ke Arden kaj PJ estu tie por ludi kun li – ĉar ili subtenus lin. Tio ne gravis, li subtenis ilin. Li savos ilin kaj liberigos ilin.

Li paŝadis tien kaj reen, pripensante ĉion. Unu aspekto ne funkcius. Se li engaĝus lin en ludo, kaj rifuzus mortigi – ili suspektus lin. Kaj tio povus endanĝerigi aliajn.

Ne estis kvazaŭ li povus diri al ĉiuj ludantoj en la mondo, ke ili ĉesu ludi. Se li dirus al ili la veron, pri la tri diinoj provantaj ŝteli iliajn animojn, ili enfermus lin.

Tamen, ĝi estis la sola ideo. La sola klara vojo, kiun li povis vidi por venki la Furiojn en ilia propra ludo.

Rezigninte pri la penso, ke li povus elpensi ion pli bonan, li diris, "Eligu min de tie."

Kaj jen tiel, li estis sola en la vera blanka ĉambro kun Rosalie kaj Rafael. Li scivolis, kie estas Eriel, ne ke li sopiris lin.

"Bone, mi havas ideon. Ian planon," li diris. "Sed mi ne certas, ĉu ĝi funkcios. Mi bezonas la respondojn al du demandoj. Kaj mi havas peton por tria – la peto ne estas negocinda."

"Demandu," diris Rafael.

"Unue, ĉu mi povos savi miajn plej bonajn amikojn PJ kaj Arden, se ni alfrontos la Furiojn?"

Rafael hezitis antaŭ ol paroli. "Se vi sukcesos, ne ekzistas kialo, pro kiu viaj amikoj ne estos savitaj."

"Ĉu vi ĵuras?" li diris.

Ŝi tion faris.

"Kiel mi suspektis, ilia stato dependas de La Furioj. Ĉu tio ĝustas?"

"Jes, ni kredas, ke tio veras. Viaj amikoj estas iel bonŝancaj, ĉar iliaj animoj restas sendifektaj. Kion ni ne povas eltrovi, estas kial, se ili estis celitaj de La Furioj. En ĉiu alia kazo, pri kiu ni scias, ili prenis la animojn de infanoj. Ni ne scias pri aliaj similaj al viaj amikoj, kiuj restas vivantaj en koma stato."

"Ankaŭ mi havas ideon pri tio, sed kion mi bezonas scii estas, se La Furioj estos venkitaj, kio okazos al PJ kaj Arden? Kio okazos al ĉiuj infanoj, kies animoj jam estas en animkaptiloj? Ili ne devis morti. Kaj kio okazos al la senhejmaj animoj?"

"Nuntempe, La Furioj uzas la potencon de la interreto. Ĝi donas al ili aliron al la koroj kaj hejmoj de ĉiu persono sur la planedo. Estas kvazaŭ vi ĉiuj lasis viajn pordojn kaj fenestrojn malfermitaj – do iu ajn povas eniri. Vere, estas nur tri el La Furioj – sed iliaj povoj estas grandaj. Ili estas mitaj estaĵoj, diinoj kies deveno remontas al Zeŭso. Vi aŭdis pri Zeŭso, ĉu ne?"

"Mi legis, ke li estis la dio de la ĉielo kaj patro de La Tri Gracioj. Ĉu ili povus helpi nin, se vi reportus ilin?"

"Zeŭso ne partoprenas en tio. Nek liaj filinoj. Ni arĥanĝeloj ne ludas kun la tempo. Kaj ni ĉiam kredis, ke Animan-Kaptantoj estas sanktaj. Nekontesteblaj. Ĝis nun."

"Bonege, do vi pensas, ke miaj amikoj estis celitaj de la Furioj, sed vi ne estas vere certa. Ne pli ol mi, ĉu ne?"

"Ĝuste. Tio estas ĉar mi ne povas diri centprocente jes aŭ ne. Se viaj amikoj ludus ludojn. Mi celas, mortigante ene de la ludoj... Tiam ili plenumus la kriteriojn de la Furioj. Sed se ili volus ilin mortaj – ili jam estus mortaj. Krom se... ne, tio ne havus sencon. Tio signifus, ke ili scias pri vi kaj via teamo. Ne ekzistas maniero, ke ili povus scii. Ni tenis tion sekreta. Se ili scius, tiam ili tenus viajn amikojn vivantaj, se ili bezonus premilon."

"Ĉu vi celas kiel interŝanĝan moneron?"

"Eble, por esti honesta, mi ne scias. Kiel mi diris, ni kaŝis ĉion pri vi kaj via teamo. Ni, inkluzive de mi mem kaj la aliaj Arĥanĝeloj, farus ion ajn por protekti vin. La Furioj ricevis povojn tra la jarcentoj. Sed ili neniam celis senkulpajn infanojn. Ili neniam adaptis sian agendon por servi siajn proprajn celojn."

"Kiuj estas iliaj celoj?" demandis E-Z.

"Tion ni ne scias."

E-Z diris, "Tial ni devas havi la plej bonan ŝancon venki ilin."

"Ĝuste, sed ĉiutage ili ŝtelas pli da infanaj animoj, kaj ili rapidigas la procezon."

"Rapidigante, je kiom?" demandis E-Z.

"Je miloj, ni pensas, sed baldaŭ estos je milionoj. Baldaŭ estos tro malfrue por haltigi ilin."

"Bone, mi komprenas, kio estas en risko ĉi tie, sed ni estas nur infanoj kaj ni ne volas agi blinde. Ni estas mortemaj, kaj ankaŭ ili. Ni devas pensi, konsideri ĉiujn eblojn, antaŭ ol ni riskos niajn vivojn."

"Ni komprenas, kaj kiel mi diris, ni subtenos vin."

"Nun al mia sekva demando, mi volas scii, kion mi devas fari kun dekjara Charles Dickens?"

"Ho, tio," diris Rafael. "Unue, ni neniel partoprenis en lia reenkarniĝo. Ni havas teorion, krom tiu, kiun ni diris al vi, nome, ke vi alvokis lin. Ni demandas nin, ĉu lia reveno estis eraro de ilia flanko. Eble la universo malfermiĝis kaj sendis lin por helpi vin, kiel ekvilibrigon. Finfine, li estas sangoparenco. Kaj li estas rakontisto, kaj intriga majstro. Li eble havas ilojn kaj komprenon, pri kiuj vi ankoraŭ ne scias, por helpi vin venki La Furiojn."

E-Z zorge elektis siajn vortojn. "Sed li estas infano. Li ankoraŭ ne verkis eĉ unu aferon. Li estos distraĵo kaj li estas el alia tempo kaj povus endanĝerigi nin kaj nian mision."

"Dependas," diris Rafael. "Li povus esti sekreta armilo. Li estas ĉi tie, por vi. Se vi kredas je li. Ke li naskiĝis por esti verkisto. Tiam, dekjara li jam havos ĉiujn necesajn kapablojn. Uzu lin por via avantaĝo, se vi tion elektas."

E-Z kunpremis siajn pugnojn. "Ĉu vi diras, ke ni uzu mian kuzon kiel logaĵon?"

Raphael ridis kaj flugetis ĉirkaŭe, kaŭzante nenecesan venteton.

"Helpus, se vi ĉesus tiom flugetadi," diris Rosalie. "Mi portas plurajn puloverojn, tamen mi ŝajne ne varmiĝas ĉi tie. Cetere, mi nun ŝatus iri hejmen. E-Z kaj la aliaj konsentis, do mi plenumis mian parton. Nun, adiaŭ. Mi iros hejmen."

BINGO.

Rosalie malaperis kaj alteriĝis reen en sia ĉambro. Ŝi konversaciis kun Lia en sia menso, dirante al ŝi, ke ŝi revenis sendamaĝa kaj nun intencas dormeti.

E-Z pensis pri alia nekompromisebla postulo.

"Mi volas, ke Hadz kaj Reiki estu kun mi, en nia teamo."

Raphael ridetis. "Hadz kaj Reiki estas ligitaj al Eriel de nia gvidanto Michael."

"Do, parolu kun li. Tiuj du helpis nin. Ili venas, kiam mi vokas ilin. Se ni batalos kontraŭ antikva malbono, ni bezonas tiujn du ĉe nia flanko por helpi nin."

"Mikaelo ne povas paroli kun vi. Tamen, mi prezentos vian peton. Se li juĝos tion necesa, li sciigos min, kaj mi siavice sciigos vin. Ĉu estas io alia?"

"Jes. Mi bezonas scii, kiel forigi La Furiojn. Ĉu ni devas mortigi ilin? Resendi ilin tien, de kie ili venis? Kion precize vi petas, ke ni faru kun tiuj diinoj?"

"Ligu ilin, tenu ilin – kaj ni faros la reston. Se via plano funkcios, tiam ni devus povi ekkontroli la Animan Kaptistojn. Ni reŝaltos ĉion al la stato, kiel ĝi estis."

"Kaj kio pri tiuj, kiuj mortis antaŭtempe?"

"Ĉio estos egaligita... post kiam la malamikoj estos neŭtraligitaj."

"Antaŭ ol vi resendos min," diris E-Z, "mi bezonas ion, ian garantion, ke vi ne denove kontraŭos nin. Doni al ni Hadz kaj Reiki estis celita esti tiu garantio, sed ĉar vi ne povas doni al mi tion, do mi bezonas ion alian. Ion, kion mi povas reporti al la aliaj kaj diri, jen estas pruvo, ke ili ne perfidos nin, kiel ili faris en la pasinteco."

"Kiel ekzemple?"

"Viaj okulvitroj sufiĉos," li diris.

Raphael falis sur siajn genuojn, ŝiaj flugiloj ĉesis bati kaj retiriĝis. "Ne tion, ion ajn krom tio," ŝi kriis. "Sen miaj okulvitroj mi estas neniu helpo por vi kaj neniu helpo por iu ajn."

"La arĥanĝeloj tenis Rosalie ĉi tie kontraŭ ŝia volo. Ili uzis ŝin por atingi min. Vi ŝanĝis vian opinion pri faritaj promesoj, nuligis miajn procesojn..."

Ŝi tuŝis la monturojn de siaj okulvitroj, poste demetis ilin. En ŝiaj manoj, la okulvitroj transformiĝis en serpenton, ruĝan serpenton, kiu rampis sur la brakon de E-Z, kaj glitis supren, supren, supren.

"Kio la!" kriis E-Z, dum la serpento daŭrigis supren laŭ lia kolo. Trans la randon de lia mentono. Ĝi glitis trans liajn firme fermitajn lipojn. Supre kaj trans lian nazon. Poste ĝi duoniĝis, kaj ĉirkaŭligis unu finon ĉirkaŭ ĉiun el liaj oreloj. Poste ĝi revenis al sia origina stato de pulsantaj okulvitroj.

"Miaj okulvitroj nun estas viaj, kion ajn vi faros – ne lasu, ke la Furioj prenu ilin de vi. Se tio okazos, tiam ni ĉiuj estus detruitaj."

"Atendu!" diris la voĉo el la muro. "Kio se vi malsukcesos? Ja vi estas nur infanoj."

"Mi ne povas promesi sukceson – sed ni donos ĉion, kion ni havas. Sed estus bone scii, se ni bezonos vian helpon, ke vi uzos viajn povojn por helpi nin."

"Interkonsentite," la voĉo tondris.

E-Z estis reen en sia rulseĝo en sia ĉambro, kun la ruĝaj okulvitroj pulsantaj sur lia vizaĝo.

"Vi devas ĉesi fari tion," diris Onklo Sam, kiu ordigis la liton de sia nevo. "Antaŭ ol mi forgesos, Sam kaj mi vizitis PJ-n kaj Arden-on hodiaŭ, dum ni faris kontrolviziton en la hospitalo. Ni renkontis la patron de PJ; li informis nin. Ili nun kunhavas hospitalan ĉambron, sed la stato de neniu el ili ŝanĝiĝis."

"Dankon, mi intencis telefoni al ili. Bone, ĉiuj, kolektiĝu."

ĈAPITRO 29

KION FARI?

"**Ĉ**U VI VOLAS, KE mi restu?" Sam paŭzis. "Ĉar mia edzino atendas, ke mi masaĝu ŝiajn piedojn. La bebo naskiĝos iam ajn, do ne eblas igi ŝin atendi."

"Nu, iru kaj prizorgu ŝin," diris E-Z. "Mi rakontos al vi la detalojn poste."

Lia brakumis Sam-on.

"Dankon," diris Sam, fermante la pordon post si. La pordofonon eksonis.

"Mi pritraktos tion!" kriis Sam, kurante al la antaŭpordo.

"Li havas multon sur sia plado," diris E-Z.

"Estos pli facile, kiam la bebo venos," diris Lia.

"Estos pli kaosa," diris Alfred. "Sed ni ne zorgu pri tio nun."

"Do, kio estas la plej nova?" demandis Lia.

"Komencu per la pozitivaj aferoj, se estas iuj. Mi ja esperas, ke estas iuj," diris Alfred.

"La bona novaĵo estas, ke mi havas ideon. La malbona novaĵo estas, ke mi tute ne scias, ĉu ĝi funkcios kontraŭ niaj malamikoj. Ili estas konataj kiel La Furioj. Ĉu iu el vi aŭdis pri ili? Mi konis la nomon el mitologio, kaj ili aperas en iuj ludoj."

Lia neis per kapskuo.

Alfred diris, "Mi aŭdis pri ili, sed tio estis antaŭ longe. Mi pensas, ke ni legis pri ili en la mezlernejo, iam. Mi ja memoras, ke ili estis malbonaj – eble tri? Kaj ĉu ili ne estas diinoj? Mi vidas Meduzon en mia kapo. Ĉu ili estis parencaj?"

"Ili estas pli malbonaj. Multe pli malbonaj, ĉar estas tri el ili," diris E-Z. "Kiam mi vomis, nu, tio estis tuj post mia dua renkonto kun ili. Dum la unua renkonto, tio okazis dum vojaĝo kun Hadz kaj Reiki. Kion ili nomis 'malgranda rekognoskado'. Kaj ne zorgu, ni estis nevideblaj, sed mi multe lernis. Ili starigis ĉefsidejon en la Valo de la Morto.

"Kiel ni suspektis, ili celas infanojn. En la videoluda mondo. Lia, vi demandis, kia estis ilia celo... Estas puŝi infanojn trans la randon. Infanojn de nia aĝo, kaj eĉ pli junajn.

"Kiam ili kaptas ilin, ili ŝtelas iliajn animojn. Kaj ili metas ilin en Animonkaptilojn destinitajn por aliaj homoj. Do, kiam tiuj mortas, iliaj animoj ne havas kien iri."

"Tio estas tiel malica!" diris Lia.

"Do, kiam la veraj posedantoj de la Animan-Kaptiloj mortas, kio okazas al iliaj animoj? Mi volas diri, se iliaj animoj havas nenien por iri – neniun hejmon, neniun ĉielon – tiam kio okazas al ili?" demandis Alfred.

"Jen la afero. Ili ne havas eternan ripozejon – do kiam ili mortas, ili simple flosas ĉirkaŭe. Tio estas la mallongigita versio, ĉiuokaze. Kaj ni devas haltigi la Furiojn, kaj ni devas haltigi ilin baldaŭ."

"Kiel ili prenas la animojn de la infanoj? Mi ne komprenas," demandis Lia.

"Ankaŭ mi ne," diris Alfred. "Infanoj, precipe infanoj kiuj ludas ludojn, estas tre lertaj pri komputiloj. Kiel ili endanĝerigas sin? Kiel la Furioj aliras ilin en iliaj propraj hejmoj, rekte sub la nazoj de iliaj gepatroj?" Li pensis momenton, "Ĉu ili respondecas pri tio, ke PJ kaj Arden estas en komato?"

"Bone, unue la demando de Lia. La Furioj punas tiujn, kiuj ne estas punitaj – tio estis ilia celo historie. Ilia ĉefa armilo ĉiam estis pento. Ili igas homojn senti sin kulpaj. Bedaŭri pro malbona faro. Kaj kiam ili faras tion, ili ekregas. Ili frenezigas ilin, igas ilin detrui sin mem. Ĉu mi rakontis al vi pri la knabo, kiu venis al mia domo kaj provis pafi min? Li diris, ke iu en la ludo diris al li, ke ili mortigos lian familion, se li ne mortigos min. Ili igis lin ataki min, pro agoj, kiujn li faris ene de la ludo. Mi bezonis indikon de Eriel por fari tiun ligon. Tio ŝajnis stranga tiutempe, sed mi ne tuj komprenis. Tiel ili faras. Infano ludas ludon kaj por progresi en la ludo, li devas mortigi iun, aŭ eĉ fari amasmurdon, aŭ, nu, vi komprenas la ideon. En la reala mondo, tiuj aferoj estas pekoj kaj kontraŭleĝaj, en la ludo ili estas parto de la ludado. Ĉe la plej multaj ludoj, tio estas la sola celo."

"Atendu momenton," diris Alfred. "Ĉu vi diras al mi, ke ili punas infanojn en la ludo kvazaŭ ili murdus en la reala vivo?"

"Ĝuste," diris E-Z. "Tio estas precize kion ili faras. Kiel ili uzas la videoludan industrion por pravigi – ne, mi ne pensas, ke tio estas la ĝusta vorto. Mi celas diri, por kondoni siajn agojn forprenante la animojn de la infanoj."

Lia fermis siajn manojn kaj pugnis ilin. Poste ŝi uzis ilin por kovri siajn orelojn, kvazaŭ ŝi ne volus plu aŭdi.

"Vi tute pravas, E-Z. Ni havas neniun elekton – ni absolute devas haltigi tiujn sorĉistinojn. Ju pli frue, des p li bone."

"Mi scias," diris E-Z, "sed ne estos facile. Ili estas diinoj, ankaŭ konataj kiel La Filinoj de Mallumo kaj Erinecoj. Ilia ĉefa celo estas puni la malicajn, kaj en la kadro de ludo – ĉiuj estas malicaj. Tio estas la sola maniero progresi en la ludo."

"Vi diris, ke vi havas planon, kio ĝi estas?" demandis Alfred.

"Unue, por respondi vian demandon pri PJ kaj Arden. Mia intuicio diras, ke la respondo estas jes. Sed mi ja demandis al Rafael, ĉu ŝi povus konfirmi. Ŝi diris, ke ŝi ne povas centprocente diri unu aŭ la alian. Ĉar la Furioj neniam – laŭ ilia scio – rezignis pri ŝteli animon. Des malpli, du animojn.

"Ho, unu plian aferon mi devas diri al vi: en la Valo de la Morto estas miloj da Animan-Kaptantoj. Eble pli ol miloj, kaj ilia nombro kreskas ĉiutage. Ili etendiĝas tiom malproksimen, kiom la okulo vidas." Li haltis, kvazaŭ lia koro estis en lia gorĝo, kaj viŝis for larmon.

"Estis malfacile esti atestanto pri tio. Tio, kion ili faras, estas tiel pripensita, intenca. Kion mi tamen ne komprenas, estas, kion ili gajnas per tio. Mi volas diri, Hadz kaj Reiki pravis, ke ili kondukis min tien por vidi tion. Se ili estus dirintaj al mi, sen montri al mi... tio ne estus frapinta min tiel forte. Ho, kaj Rafael diras, ke ili pligrandigas sian akiron ĉiutage. Do, ni ne havas multan tempon por sidadi kaj pensi. Ni bezonas planon, kaj ni devas agi."

"Ĉu ili estas mortemaj?" demandis Alfred.

"Jes, pri tio ni egalas," diris E-Z. "Do, la plano, kiun mi elpensis, estis krei nian propran ludon. Onklo Sam povus helpi. Kiam mi ludos por fanfaroni pri mortigoj, tiam La Furioj venos por kapti min. Kiam ili tion faros, ni kaptos ilin kaj mortigos ilin en la ludo. Mi pensis, ke iliaj povoj eble malpliiĝos en la ludo. Sed tiam mi ekpensis – kio se la miaj ankaŭ."

"Ni ne scius, ĝis estus tro malfrue," diris Alfred.

"Ĝuste. Ju pli mi pensis pri tio, des malpli efika la ideo ŝajnis. Sen mencii, se ili ja havas PJ-n kaj Arden-on, blokitajn en limbo, ĝis ilia regado... Nu, ili povus forpreni iliajn animojn. Kaj ni perdus ilin."

"Ĉu vi volas diri, ke ĝi povus esti kaptilo?" demandis Lia.

"Ĝuste."

"Vi donis al ni multon por pripensi," diris Alfred. "Mi pensas, ke ni devus dormi pri tio, pripensi ĝin profunde kaj ni parolu pri ĝi denove morgaŭ."

"Mi ne certas, ĉu mi povos dormi," diris Lia, "sed mi konsentas, ni faru paŭzon. Mi bezonas tempon por pripensi, kiom da danĝero ni eniros. Ni devas certigi, ke ni protektas unu la alian."

"Komprenite," diris E-Z. "Dume, mi vidos, ĉu mi povas elpensi Planon B."

Lia forlasis la ĉambron kaj fermis la pordon post si.

"Mi scivolas, kiu estis ĉe la enireja pordo?" demandis E-Z.

"Ni povas demandi Sam-on morgaŭ matene, li verŝajne ankoraŭ okupatos pri la piedoj de sia edzino."

Ili ridis.

"Bonega plano," diris E-Z. "Bonan nokton, Alfred."

"Bonan nokton, E-Z."

ĈAPITRO 30

OHO BEBO BEBO

"LA BEBO VENAS!" KRIIS Sam kelkajn horojn poste.

Laŭirante la koridoron, li tenis la manon de Samantha en unu mano. Trans lia ŝultro pendis noktosako. Li prenis la aŭtŝlosilojn.

"Vi ne veturos, karulo," diris Samantha, remetante la ŝlosilojn sur la vendotablon.

E-Z eliris en la koridoron. "Ĉu vi volas, ke ni venu kun vi?"

"Mi fartas bone," diris Samantha. "Lia ankoraŭ profunde dormas."

"Mi vekos ŝin kaj ni renkontos vin ĉe la hospitalo, bone?"

Lia rigardis super sian ŝultron, "Mi jam vokis taksion. Li ne veturos."

Sam ridetis, "Ŝi estas la estro."

"Ĝis baldaŭ," diris E-Z. "Cetere, kiu estis ĉe la pordo hieraŭ vespere?"

"Estis Rosalie. Ŝi estis elĉerpita, do ni enlitigis ŝin en la gastĉambron."

"Bone, dankon," diris E-Z.

Dum li rulveturis laŭ la koridoro al la ĉambro de Lia, scivolante, kion Rosalie faris tie, li frapis sur la pordon.

"Estas mi, Lia," li diris. "Via panjo kaj Onklo Sam iras al la hospitalo. La bebo naskiĝos!"

Unue estis bruo, poste Lia malfermis la pordon. La lampo sur ŝia nokttablo kuŝis sur la planko apud la lito. "Mi pretos post momento," ŝi diris. Ŝi fermis la pordon.

Li iris al la gastĉambro. Li enrigardis kaj Sam pravis, Rosalie dormegis.

Li revenis al sia ĉambro, vestiĝis kaj provis ne veki Alfredon. Cignoj ne rajtis eniri la hospitalon, do veki lin estus malĝentile – li sentus sin ekskludita. Li skribis noton, ke Rosalie dormas en la gastĉambro kaj ke oni zorgu pri ŝi ĝis ilia reveno. "Diru al ŝi, ke ŝi sentu sin hejme," li skribis. Li lasis la noton, por ke Alfredo ne maltrafu ĝin kiam li vekiĝos.

E-Z fermis la pordon post si kaj ŝlosis ĝin, poste li kaj Lia eniris la atendantan taksion kaj veturis al la hospitalo.

Ili sekvis la ŝildojn kaj baldaŭ trovis la bebo-sekcion. Sam estis tie, paŝadis tien kaj reen kiel atendoplenaj patroj en la televido.

"Kiel vi eltenas?" demandis E-Z.

"Kiel fartas mia panjo?" demandis Lia.

"Dankon al vi ambaŭ pro via veno," diris Sam.

Lia mano tremis, kiam li provis trinki akvon el botelo. "Samantha fartas tre, tre bone. Nu, ŝi jam travivis tion antaŭe kun vi, Lia, do ŝi scias, kion atendi, kaj mi... Nu, mi ne scias, ĉu mi eltenos tion. La kurso, kiun ni sekvis por helpi nin prepariĝi por hodiaŭ, estis bona – sed la realo estas tute alia. Mi malamas hospitalojn."

"Ĉiuj malamas hospitalojn," diris E-Z. "Sed kiam ili envenas tra tiuj svingpordoj. Kaj diras, ke oni bezonas vin... Tiam vi devas sin kolekti kaj eniri tien kaj helpi vian edzinon. Memoru, ke vi estas teamo, vi estas kune en ĉi tio. Vi povas fari tion!" Li frapetis sian onklon sur la dorson.

"Mi scias."

Lia apogis sian kapon sur la ŝultron de Sam. "Vi bonege agos."

Flegistino alvenis. "Via edzino bezonas vin. Ne daŭros longe. Mi kondukos vin por laviĝi, kaj tiam vi povos esti kun via edzino, kiam ni kondukos ŝin."

Sam kapjesis kaj foriris.

La lasta esprimo sur lia vizaĝo memorigis E-Z-on pri iu staranta antaŭ ekzekutotaĉmento.

"Li fartos bone," diris Lia, frapetante la manon de E-Z.

Horojn poste, Sam revenis al ili kun larĝa rideto sur la vizaĝo. "Mi havas alian filinon," li diris, "kaj filon!"

"Du beboj?" diris Lia kaj E-Z samtempe.

"Jes, du. Ni vidis nur unu sur la ultrasona bildo."

"Kiel fartas mia panjo?"

"Ŝi bonegas! Mirinda!"

"Ĉu ni povas vidi ŝin? Kaj la bebojn?"

"Donu al ili kelkajn minutojn, por prepari ĉion. Poste vi povos renkonti vian fraton kaj fratinon, Lia, kaj vi, E-Z, povos renkonti viajn kuzojn."

"Ĉu vi jam scias, kiel vi nomos ilin?" demandis E-Z.

"Jes, sed ni diros al vi tion kune."

"Bone," diris E-Z.

"Du beboj, en tiu domo – kun ĉiuj aliaj," diris Lia.

"Mi pensis la samon. La domo jam estas plena... sed ni elturniĝos. Ni ĉiam elturniĝas."

Ili sidis kune kaj atendis.

Epilogo

SEMAJNOJN POSTE ESTIS LA 17-a de januaro. Kristnasko venis kaj forpasis kun la kutima pompo kaj splendoro, same kiel la bonvenigo de la nova jaro. E-Z estis unu jaron pli aĝa, dolĉa dek ses-jara, kaj la bando estis kune en lia ĉambro. Charles Dickens aliĝis al ili per Vizaĝtempo.

Laŭ la koridoro, la ĝemeloj – Jack kaj Jill – kaŭzis tumulton. Sam kaj Samantha ankoraŭ alkutimiĝis al la rutino de la novuloj. Neniu en la domo multe dormis, ĝis ili malfermis siajn kristnaskajn donacojn. E-Z, Lia kaj eĉ Alfred ricevis sonblokajn aŭdilojn.

E-Z pripensis aliajn manierojn, per kiuj ili povus venki La Furiojn. Krom lia ideo ataki ilin en la ludo. Malmultaj aliaj opcioj prezentiĝis.

Dum la aliaj dormis, li havis kelkajn konversaciojn kun Charles rete. Charles pensis, ke venki ilin per ilia propra ludo estus 'tute mojosega'.

E-Z iom maltrankviliĝis pri kiajn aliajn frazojn tiuj detektistoj instruis al Charles. Kune ili decidis informi la grupon pri siaj diskutoj pri kiel antaŭeniri kun la videoluda ideo.

"Tio estas facila," diris Charles Dickens. "E-Z kaj mi parolis telefone antaŭ kelkaj tagoj kaj ni elpensis, kio povus funkcii. Se ili havas iom da informoj pri La Tri – mi celas diri, vi ĉiuj estas tra la tuta interreto – ili scios pri vi. Sed ili ne scios pri mi. Ne ke ili timus min. Kvankam Edward Bulwer-Lytton iam skribis, 'la plumo estas pli potenca ol la glavo.' En ĉi tiu kazo, mi esperas, ke tio verus. Do, mi praktikadis kun miaj amikoj la detektistoj. Ni konkludis, ke la plej bona ludo por enigi ilin estas jam ekzistanta ludo. Kaj ni pensas, ke ni scias la perfektan ludon. Ĝi nomiĝas The PK Crew. La ludo estas taksita kiel 13+ aŭ 12+ en iuj lokoj, kaj ĝi estas senpaga. La celo de la ludo estas mortigi ĉiujn, inkluzive de via familio kaj amikoj. Oni rekompencas vin por ĉiu mortigo, sed kiam vi mortigas al vi proksimajn homojn, vi eĉ gajnas pli da poentoj. Pli da mono. Eĉ famon ene de la ludo. Vian foton en la televido PK TV. Sur la frontpaĝo de la gazeto The Peachy Keen Times. La ludo okazas en fikcia urbo nomata Peachy Keen. Ĝi estas la perfekta kaptilo

– kaj ĝi estas ludo, kiun ni mem lanĉos. Mi ludos kiel dekdujarulo, ili eniros la ludon kaj vi jam estos tie."

"Estos sufiĉe sekure," diris E-Z, "mi volas diri, vi jam estas morta – mi celas, en via pasinta vivo - do ili ne povas mortigi vin."

Oni frapis je la pordo. "Ĝi estas malfermita," diris E-Z.

Lia salte leviĝis kaj ĵetis siajn brakojn ĉirkaŭ Rosalie. "Mi ĝojas vidi, ke vi vekiĝis," ŝi diris, dum ŝi sin kunpremis al la dika pulovero de sia amikino.

Rosalie fariĝis grava parto de ilia teamo. Tamen, ŝi rajtis resti kun ili nur ankoraŭ unu tagon. Post tio, ŝi devis reiri al la hejmo.

Dum ŝi transiris la ĉambron por sidiĝi, ŝi karesis la kapon de Alfred la cigno. Ili ĉiuj fariĝis bonaj amikoj, ĉar ŝi alvenis antaŭ la beboj.

"Mi havas kelkajn aferojn por diri al vi. Unue, dankon, ke vi tiel bone akceptis min. Estis mirinde vidi vin, kaj dankon, ke vi sentigis min parto de via teamo."

"Aaaah," diris Lia.

"Kion mi devas diri estas, ke mi skribis en libro pri aliaj infanoj kun specialaj povoj kiel vi. Ĝi estas en la tirkesto de mia nokttablo. La venontan fojon, kiam vi venos viziti, mi donos ĝin al vi, por ke vi povu iri kaj venigi la aliajn por helpi vin venki la Furiojn."

"Ni bezonos ĉian helpon, kiun ni povos ricevi," diris Lia.

"Raphael kaj Eriel pensas, ke ili povas helpi vin, tial ili volis, ke mi donu al ili detalojn. Tial mi skribis ĝin – por ke mi ne forgesu ion gravan."

"Ĉu tial Raphael kaj Eriel tiris vin en la blankan ĉambron?" demandis E-Z.

"Jes kaj ne. Nu, jes. Ili scias pri la aliaj infanoj. Sed ne, ili ne rekte petis min transdoni la informojn pri ili. Mi scias, ke ĉi tiuj infanoj gravas por vi kaj sen ili vi ne povas venki La Furiojn."

"Kion vi scias pri La Furioj?" demandis Alfred.

Rosalie ektremis kaj krucis siajn brakojn. "Mi scias kelkajn aferojn pri ili. Ekzemple, ke ili estas tri timigaj fratinoj, kiuj revenis ĉi tien sur la teron por fari nenian bonon."

E-Z diris, "Vi ne ŝercas. Mi mem vidis la damaĝon, kiun ili kaŭzis ĝis nun. Ni laboras pri plano. Sed diru al ni, kie estas tiuj aliaj infanoj? Ĉu vi pensas, ke ili helpos nin? Tio estas, se ni povos eltrovi manieron venigi ilin ĉi tien."

"Ili estas bonaj infanoj, sed vi devus demandi ilin, kaj iliajn gepatrojn por permeso. Unu estas sur la alia flanko de la mondo en Aŭstralio, unu estas en Japanio kaj la alia estas en Usono en Fenikso, Arizono. Eble estas aliaj, sed tiuj tri estas la solaj, kun kiuj mi kontaktis ĝis nun," diris Rosalie.

"Aliflanke, alporti novajn infanojn komplikiĝigos la aferojn," diris E-Z. "Krome, se ni malsukcesos, tiam ne estos iu por transpreni de ni. Eble estus plej bone, ke ni mem mastrumu ĉi tion, kun la plej malmulta ebla eksponiĝo. Se ni povas fari ĝin, mi celas, forigi La Furiojn – kial impliki aliajn? Nekonatojn? Kial riski la vivojn de aliaj infanoj?"

"Ne antaŭ longe ni ĉiuj estis nekonatoj," diris Alfred.

"Mi ankoraŭ estas nekonato – kvankam ni estas parencoj," aldonis Charles Dickens. "Sed mi ne estas unu el La Tri. E-Z respondecas kaj mi feliĉe faras kion ajn li opinias plej bona. La detektistoj diras, ke mi estas novulo. Kaj tio veras."

Rosalie rigardis la knabon en la Ekrano. "Ni ne estis ĝuste prezentitaj," ŝi diris. "Mi estas Rosalie kaj mi sufiĉe certas, ke mi estas pli novula ol vi."

Charles ridis. "Mi estas Charles Dickens."

"Ĉu vi havas ian rilaton al, nu, LA Charles Dickens?" demandis Rosalie.

"Ehm, jes, mi estas li – reenkarniĝinta."

Rosalie ridis. "Mi pensis, ke mi jam aŭdis ĉion. Nu, mi ĝojas renkonti vin, Charles."

Oni forte frapis la frontpordon.

Kelkajn sekundojn poste, boto-portantaj piedoj laŭiris la koridoron malgraŭ la protestoj de Sam.

"Rosalie," diris la plej fortika el la du viroj tra la fermita pordo. "Estas tempo reveni al la hejmo. Vi bezonas viajn medikamentojn, do elvenu, aŭ ni devos enveni por vi."

Rosalie stariĝis. "Ŝajnas, ke mi diris al vi ĉion, kion vi bezonas scii, kaj ĝuste ĝustatempe." Ŝi paŝis al la pordo, malfermis ĝin, kaj foriris kun la akompanantoj.

En la malantaŭo de la ambulanco, unu minuto, poste en la blanka ĉambro. La bretoj kaj la libroj estis la samaj, sed la odoro ne estis. Antaŭe ne estis odoro, sed nun, ĝi estis malbona. Feta. Malagrabla. Kiel blankigilo kaj putraj ovoj.

Tra la muro, tri virinoj vestitaj de kapo ĝis piedo en nigro eniris. Anstataŭ haroj, ili havis serpentojn. Kaj pliaj serpentoj rampis supren kaj malsupren laŭ iliaj brakoj. Ili ĵetis sin al ŝi. Iliaj vesperton-similaj flugiloj kontrastis kun la pureco kaj blankeco de la ĉambro. Sango ŝaŭmis el iliaj okuloj, dum ili svingis siajn vipojn en ŝian direkton.

Kaj ilia fetoro estis neeltenebla.

"Diru al ni tion, kion ni volas scii," riproĉis la Furioj unuanime.

"Mi ne scias, kion vi demandas al mi," diris Rozalio, tenante sian nazon.

KRAKO.

La krako de la biĉo tuŝetis la haŭton sur la vangon de la maljunulino. Kiam ŝi tuŝis sian vizaĝon, kaj rigardis sian manon, ĝi estis kovrita de sango.

"Vi scias," diris Alio, dum ŝi kaj ŝiaj fratinoj denove svingis siajn biĉojn proksime al la pli aĝa virino.

"Mi ne scias, kion vi celas."

Librobreto renversiĝis. Se ne estus la rapide moviĝanta ŝtuparo, Rozalio estus dispremita sub ĝi.

KRAK.

Mi revas, pensis Rozalio. Mi devas vekiĝi. Mi devas vekiĝi NUN kaj foriri de ĉi tiuj teruraj fetoraj estaĵoj.

Alia librobreto falis.

Poste alia. Kaj ankoraŭ alia.

Baldaŭ, ankaŭ la ŝtupetaro frapis la plankon kaj resaltiĝis. Unufoje, dufoje, trifoje. Poste ĝi disrompiĝis en pecojn.

"Ho ne!" kriis Rosalie.

"Vi diros al ni, karulino," postulis Tisi, dum ŝi levis la pli aĝan virinon de la planko kaj ŝiaj serpentaj brakoj ĉirkaŭprenis ŝin.

La piedoj de Rosalie danĝere pendis. Dum la serpentoj streĉis sian tenon ĉirkaŭ ŝia supra korpo.

"Atentu, fratino, vi donos al ŝi koratakon," kriegis Meg, alproksimiĝante al Rosalie. "Donu al ni tion, kion ni volas, karulino."

"Mi diros al vi nenion. Kion ajn vi faros al mi," diris Rosalie.

Ŝi estis tiel kuraĝa. Ĉar ŝi sciis, ke ŝi ne estas sola. Lia estis tie, aŭskultante.

"Tio estas kompleta tempoperdo," diris Allie, dum ŝi ĵetis vipon en la aeron kaj frapis falen tutan muron da librobretoj. Kelkaj flugilaj libroj luktis por eliri el sub la bretoj. Unu provis flugi per sia sola restanta flugilo.

Tisi turniĝis al la fora muro kaj ekbruligis la librojn. Ili falis, kiel dominaj pecoj, sur la kompatindan Rozalian, kiu estis entombigita sub la brulantaj libroj.

La Furioj laŭte kaj fiere ridis.

Rosalie vokis la nomon de Lia en sia menso. "Kie vi estas, Lia?" ŝi demandis. "Kie vi estas, la Eta?"

Reen ĉe la domo, E-Z malfermis sian tekokomputilon. "Bone, ni havis tempon por pripensi tion. Ĉu ni ĉiuj konsentas, ke ni havas neniun alian elekton ol batali kontraŭ La Furioj?"

Lia kaj Alfred kapjesis.

"Kaj ni devas trovi tiujn aliajn infanojn kaj alporti ilin ĉi tien. Estas tri el ni kaj tri el ili. Lia, vi iru al Fenikso – Little Dorrit povas konduki vin aŭ vi povas flugi per aviadilo."

"Mi preferas Little Dorrit."

"Bone, la unua infano estas aranĝita. Kvankam ni ne scias ŝian nomon aŭ kie precize ŝi estas en Fenikso, Arizono. Kaj vi devos interkonsenti pri tio kun ŝiaj gepatroj. Ne estos facile, ĉar vi devos informi ilin pri kia danĝero ilia infano alfrontos."

"Jes, mi devos ricevi pli da detaloj de Rosalie."

"Alfred, vi povas iri al Japanio. Mi sugestas, ke vi flugu – ni devos aranĝi la loĝistikon. Vi devos reveni kun la infano, se liaj gepatroj konsentos. Denove, ni bezonas de Rosalie specifajn informojn pri kie estas la infano. Kaj estos lingva baro, krom se vi scias la japanan?"

Alfred skuis la kapon.

"Mi trovos tradukiston."

"Ni provizos al vi telefonon kaj vi povos instali aplikaĵon, kiu tradukos por vi. Estos lernokurbo," diris E-Z. "Precipe ĉar vi ne havas fingrojn."

"Bone por mi," diris Alfred. "Mi devos tuj komenci labori kun la telefono. Ne devus daŭri longe por eltrovi ĝin. Dume, Rosalie povas diri al la infano, ke mi estas cigno – por ke ili ne falos kaj svenos, kiam ili unue vidos min."

"Tio estas bona ideo," diris Lia. "Sed kiel vi tajpos?"

"Mi povas uzi mian bekon."

"Aŭ voĉ-aktivigitan programon," diris E-Z.

"Bonege," diris Lia kaj Alfred unuvoĉe.

"Kaj mi flugos al Aŭstralio. Mi kaptos aviadilon reen kun la infano, sed estos pli rapide se mi iros rekte tien. Ho, kaj ankoraŭ unu afero, ni devas elpensi kaptotruon por ni mem. Ian manieron, per kiu ni povos eskapi – se unu aŭ pluraj el ni estos kaptitaj, mortigitaj aŭ vunditaj. Ni devas esti pretaj por ĉio. Se ni mortos antaŭ ol ni finos ĉi tiun aferon, neniu restos por kolektadi la pecojn."

"La arĥanĝeloj," balbutis Lia, poste silentis. Ŝi ektremis, poste ne povis spiri. Ŝi ĉirkaŭprenis sin per la brakoj.

"Ĉu vi fartas bone?" demandis E-Z.

"Ŝŝŝ," ŝi diris. Estis neniuj sonoj en la ĉambro nek en ŝia menso, estis absoluta kaj kompleta silento. Ŝia korfrekvenco normaliĝis, same kiel ŝia spirado.

"Falsa alarmo," ŝi diris. "Mi pensis, ke io malbona okazas, kvazaŭ mi ricevus SOS-signalon, sed ĉio ŝajnas en ordo nun."

"Ĉu tio okazas ofte?" Alfred demandis.

"Ne," diris Lia.

"Bone, ni komencu cerbumi," diris E-Z. Kaj ili pasigis la reston de la tago farante liston, koncentriĝante pri tio, kio povus misfunkcii kaj kio povus funkcii.

Ili iris al siaj ĉambroj kaj dormis.

Estis paca nokto por ĉiuj krom Rozalio.

Rozalio, kies voĉo ne estis aŭdita.

Kies voĉo ne estis respondita.

Neniu helpo alvenis.

La Blanka Ĉambro estis detruita.

Neniu venis savi Rozalion.

De la malicaj Furioj.

Dankon!

Karaj legantoj

Dankon pro la legado de la tria libro en la serio E-Z Dickens... Mi bedaŭras la malĝojan finon sed foje tiaj aferoj okazas.

La fina libro baldaŭ estos havebla!

Denove dankon al ĉiuj homoj kiuj helpis min fari ĉi tiun serion la plej bona ebla Al miaj amikoj kaj familio dankon pro via kuraĝigo kaj subteno.

Kaj kiel ĉiam Feliĉan Legadon!

Cathy

Pri la aŭtoro

Cathy McGough estas kanada aŭtorino, kies verkaro ampleksas infanliteraturon, junularan fikcion, literaturan fikcion, psikologiajn suspensromanojn, poezion, novelojn kaj nefikcion. Ŝi loĝas kaj verkas en Ontario, Kanado, kun sia familio.

Baldaŭ!

Fikcio por junaj plenkreskuloj

E-Z Dickens Superheroo Libro la Kvara: Sur Glacio

www.ingramcontent.com/pod-product-compliance
Lightning Source LLC
LaVergne TN
LVHW041701060526
838201LV00043B/522